パペット探偵団事件ファイル④

パペット探偵団となぞの新団員

如月かずさ 作
柴本 翔 絵

偕成社

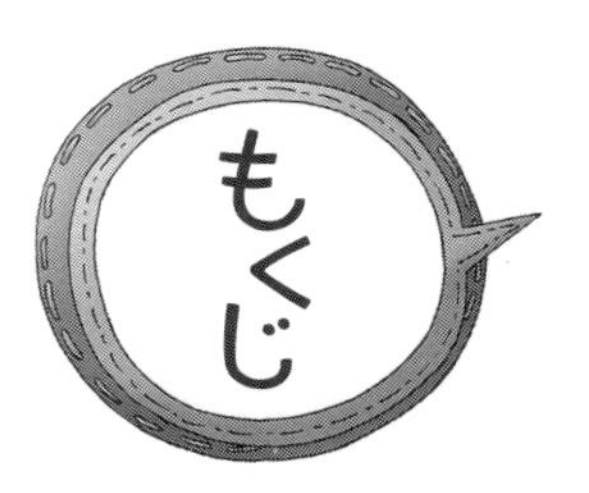
もくじ

パペット探偵団事件ファイル④

登場人物紹介

シュン

和藤シュン。この本の主人公。
ひょんなことから探偵助手になる

ホームズ

なまいきなウサギの名探偵。
探偵団の団長

ドイル

言問ルカ。引っこみじあんな
探偵団の書記

パペット探偵団

バロン

ストロガブリ家出身の
オオカミ貴族（自称）

シルク

ご近所のネコに大人気!?の
アイドルキャット

シュンの姉

弟にきびしいが
たのもしい

宝さがしの兄ちゃん

近所の山であった
男の人

カミナリ親分とビリビリ四天王

ユウレイ神社をねどこにするネコたち

???

メグミ

となり街の中学生

装丁　山﨑理佐子

第一話

パペット探偵団と伝説の地図

世界でいちばんいらないものってなんだと思う？

いまそうたずねられたら、おれはまよわず、夏休みの宿題とこたえる。なんてったってめんどくさいし、低学年のころより量もずっと多い。夏休みものこりすくなくなってきたっていうのに、宿題が気になって思いっきり遊ぶこともできない。

国会議員とかそういうえらい人が、今年の宿題はぜんぶなしにするってきめてくれねえかな。今日かあしたあたり。

そんなふうにぼんやり考えながら、まどのむこうの青空をながめていたら、きびしい声がとんできた。

「ほらほらシュン、なにをぼけっとしているんだい。そんなことだから、なかなか宿題がすすまないんじゃないか。」

「あっ、和藤くん、ここの分数の計算はそうじゃなくて……。」

「フレ――ッ、フレ――ッ、シュ――ンにゃん！」

「ああもう、おまえらごちゃごちゃうるさいっての！　うるさすぎて宿題に集中で

きないだろ！」

　おれは大声でどなりちらした。パペット探偵団の連中が、朝からおれの部屋にやってきているのだ。しかもおれが宿題をするのを見張りに。

「うるさいとはいってくれるね。せっかくぼくらが宿題をてつだってあげているというのに。」

　そういいかえしてきたのは、ドイルの右手にはまっているウサギのパペット、ホームズだ。そのなまいきな顔をにらんで、おれはもんくをいった。

「それがよけいなおせわなんだよ。あのな、夏休みはまだ十日以上あるんだぞ。そんなにあせって宿題しなくたっていいじゃないかよ。」
「もう十日しかない、だよ。いいかいシュン、事件はいつおこるかわからないんだ。魅力的な大事件がおきたときに、きみが宿題でいそがしくて、探偵団の活動に参加できなかったら、ぼくたちはどうしたらいいんだい。」

ホームズのその言葉に、おれはちょっと感激してしまった。こいつ、探偵助手のおれのことを、そんなにたよりにしてくれてたのか。いつもはおれをからかってばかりいるくせに……。

なんてよろこんでいたら、ホームズがまじめな口調でつづけた。

「ぼくの推理にいちいちおおげさにおどろいてくれる助手がいなかったら、推理のしがいがないじゃないか。」

「知るかそんなの！」

感激して損した。おれがムスッとしていると、こんどは白ネコのパペットのシルクがおれにくっついてきた。シルクはいつものピエロっぽい帽子の上に、『宿題ガンバ☆』と書いたハチマキをしめている。

「にゅふう。シルクちゃんはお勉強が苦手だから、宿題のおてつだいをするかわりに、せいいっぱいシュンのことを応援するのにゃん。フレ――ッ、フレ――ッ、もっとフレ――ッにゃん！」

「てつだう気がないならでてくるなよおまえは！」

「み、みんな、そんなに大きな声でさわいでたら……。」

ドイルがおろおろといいかけた。

そのとき、とつぜん部屋のドアがあいて、中学の制服にきがえた姉ちゃんが顔をだした。ドイルがすばやくパペットたちをかくし、おれもまじめに宿題をしていたふりをすると、姉ちゃんは部屋のなかを見まわしていった。

「お客さんって、やっぱり言問さんだけよね。もうふたりぶんくらい声がきこえたような気がしたんだけど……。」

「きっ、気のせいだって！　ほら、この部屋！　おれとドイルしかいないだろ！」

おれがあわてていいかえしても、姉ちゃんはなっとくしなかった。

「たしかにきこえたんだけどなあ。男子か女子かわからないけど、なまいきそうな声と、なんかすっごくかわいこぶったヘンな声。」

姉ちゃんに気づかれないように注意しながら、おれはちらっとドイルの背中を見た。すると、かわいこぶったヘンな声のシルクが、なにかいいたそうにもがいていて、なまいきな声のホームズが、その口をけんめいにおさえつけていた。

まあいいわ、と姉ちゃんは肩をすくめた。

「あたしはこれから部活だから、母さんが帰ってくるまで、しっかり留守番してるのよ。言問さん、シュンの監視よろしくね。」

姉ちゃんがドイルにいった。たまにわすれそうになるけど、言問というのはドイルの本名だ。言問ルカのまんなかをとってドイル。超有名な名探偵、シャーロック・ホームズの小説を書いた、コナン・ドイルの名前からとったあだ名だ。

「は、はい、がんばりますっ。」

ひっこみじあんのドイルが、ガチガチになってへんじをすると、姉ちゃんは「ありがと」とにっこりした。おれと話すときとドイルと話すときとで、声のやさしさがぜんぜんちがう。姉ちゃんはおれ以外の相手には、めちゃくちゃ愛想がいいのだ。そのせいでかんちがいして、姉ちゃんにあこがれている友だちが何人もいる。

姉ちゃんがドアをしめたあとで、おれとドイルは同時にためいきをついた。それからすぐに、シルクがぎゃあぎゃあわめきはじめる。

「うにゅ――――っ！　失礼にゃん、失礼しちゃうのにゃん！　シルクちゃんはかわいこぶってるんじゃなくて、かわいいのにゃん！　しかもヘンってどういうことにゃん！」

「しずかにしろって！　まだ姉ちゃんにきこえるかもしれないだろ！」

おれがシルクをだまらせていると、ホームズもかくれるのをやめて、安心したようにいった。

「あぶないあぶない。きみのお姉さんはカンがするどそうだから、ぼくらの秘密がばれないように注意しないとね。」

たしかにいまのはあぶなかった。だけど、いくら姉ちゃんでも想像できないだろう。ドイルの手にはまっているパペットたちが、自分でかってにしゃべったりうごいたりしているなんて。しかもそいつらがパペット探偵団を名のって、街でおこった事件を解決しているなんて。

「しかし、きみの宿題のすすみぐあいをたしかめにきたのは正解だったよ。」

テーブルにひろげた夏休みのドリルをながめて、ホームズがいった。

「いちばん最初におわりそうなドリルさえ、ろくにやっていないんだからね。それで、ほかの宿題はどうなっているんだい。読書感想文はこのまえアイリにかりた『赤毛連盟』で書いていたけど、たとえば自由研究は？」

「そ、そりゃあ、順調にすすんでるぜ。」

「それじゃあ日記は？」

「ちゃんと毎日まじめに書いてるっての。」

「風景画は？」

「あとは最後のしあげだけだな、うん。」

「なるほど、どれもまともにすすんでいないわけだね。」

あっさりうそを見ぬかれて、おれはうぐっ、とうめいた。

「きみもこりないね。ぼくにうそが通用しないのは知っているだろう。」

ホームズがくすくすわらっていった。そうだった。わかっていたのに、またむだなうそをついてしまった。

パペット探偵団のパペットたちは、全員とくべつな能力をもっている。ホームズの能力は、そばにいるやつの心臓の音もききとれる、とんでもない耳のよさだ。うそをつくときは、緊張で心臓の音がはやくなるらしくて、ホームズはその音の変化で、うそを見ぬいてしまうのだ。

だけど、ホームズのすごいところは、その耳のよさだけじゃない。

「まあ、この特別製の耳にたよらなくても、きみの宿題の状況は、かんたんに推理できるんだけどね。たとえばそこにある自由研究用の模造紙は、まだきれいなままだし、絵の具のバッグはほこりをかぶっている。しばらくつかっていない証拠だね。それからつくえの日記帳だけど、よこから見ると、紙がよれたり角が折れたりしているのは、最初の数ページだけだ。もうだいぶ長いこと、日記を書くのをサボっているんじゃないのかい？」

おれはまたぎくっとしてしまった。ホームズの推理は、みごとにぜんぶ大あたりだった。そう、こいつの推理力は、名前がおなじ名探偵のシャーロック・ホームズにも負けていない。ホームズはその推理力で、これまでもたくさんの事件を解決してきたのだ。

ホームズはとくいげにいった。

「初歩的なことだよ、この程度の推理はね。それよりも、いいかげん観念して、宿題に集中したまえ。」

ホームズがテーブルのドリルをたたいてせかすので、おれはたすけをもとめてド

イルの顔を見た。するとドイルはおろおろしてから、こまった笑顔でいった。

「あの、ごめんね和藤くん。だけど、宿題は早めにおわらせたほうがいいと思うから……。」

ダメだ、ドイルもたすけてくれそうにない。おれはばったりとテーブルにつっぷした。そういえばこいつ、宿題はぜんぶ七月中におわらせたとかいってたよな。いくらなんでも早すぎだろ。

テーブルにおでこをくっつけたまま、宿題をなまけていたことをくやんでいると、シルクが「にゃはあ、いいこいいこなのにゃん」と頭をなでてきて、おれはますますおちこんでしまった。だけど、いつまでおちこんでいたってしかたがない。おれはいきおいよく顔をあげて宣言した。

「うがあ――っ！　こうなったらとっとと宿題ぜんぶおわらせて、のこりの夏休みを遊びまくってやる――っ！」

「その意気だよ、シュン。それじゃあこのドリルをおわらせたら、つぎは風景画、それから自由研究に日記と順番にすすめていこう。」

自由になるまでの道はおそろしく長かった。ようやくわいてきたやる気が、たちまちしゅるしゅるとしぼんでしまいそうになった。

✧

昼めしをくったあと、「もうドリルはやりたくない！」といいはったら、かわりに風景画をかきに、近所の山にでかけることになった。宿題からにげることは、やっぱりできなかった。

「ドイル、おまえだいじょうぶかよ。」

頂上まであと半分というところで、おれはうしろをふりかえってたずねた。せいぜい三十分もあればのぼれる小さな山だけど、体力のないドイルは完全にばてばての状態だ。へんじをする元気もないのか、ぐったりとうなずくだけうなずいて、ふらふらおれのあとをついてくる。

「だからついてこなくていいっていったのに……。」

おれがそういうと、ドイルのかわりに右手のホームズがこたえた。

「ぼくらがついていなかったら、きみはすぐに宿題をサボって、遊びにいってしまいそうだからね。それにしても、なんだって山頂から見た街の景色なんてかくことにしたんだい。もっと手近な場所にしておけば、こんな苦労をせずにすんだのに。」

「そりゃあ、どうせなら優秀賞とかもらえるような、すごい絵をかこうと思ったんだよ。」

夏休みのはじめのうちは、おれもまだ宿題をがんばる気があったのだ。いまはホームズのいうとおり、もっと楽な場所にしておけばよかったと後悔していた。だけど、とちゅうまで下がきをしてあるから、いまさらべつの場所にかえるのもめんどくさい。

「いくら題材がよかったとしても、助手に賞をもらうような絵心があるとは思えんがな。」

そんな失礼なことをいってきたのは、シルクといれかわりでドイルの左手にはまっていたバロンだ。タキシードをきたオオカミのパペット。

そういえばまえに、パペットたちはドイルの声をかりてしゃべっている、ときいたおぼえがあるけど、なぜかドイルがへとへとでも、ホームズとバロンの声は元気なままだった。いや、もしかすると、こいつらが平気でぺちゃくちゃしゃべってるから、よけいにドイルがつかれるんじゃないか？

そううたがっていたら、バロンがおれにいった。

「風景画ならワガハイのとくい分野だ。きさまが礼儀正しくたのみさえすれば、ワガハイがきさまの絵をてつだってやらんでもないぞ。」

「とくい分野？　パペットの手で絵なんてかけるのかよ。」

「まいどのことながら、おろかな質問だな、助手よ。ワガハイはロシアに名高いストロガブリ家の貴族だぞ。一流の貴族は、おさないころからさまざまな芸術をたしなんでいるものなのだ。」

バロンはえらそうにひげをなでた。

だけど、パペットのバロンより、まだおれのほうがじょうずな絵をかけそうだ。ぜったいたよったりしないからな、と心にきめていると、ホームズがいった。

「風景画は場所がきまっているから、あとはひたすらかくだけだし、日記もぼくの推理力を駆使して、きみがどの日になにをしていたかをあきらかにすれば、すくなくとも書くことがわからなくてこまるということはない。となると、のこる問題は自由研究だね。まだ研究のテーマさえきまってないんだろう？」

「そうなんだよなあ。自由研究って、どんなことをしたらいいか、いまいちわからなくてよ。なあ、ドイルはどんな研究をやったんだ？」

「……十九世紀、イギリスの、研究。シャーロック・ホームズの、時代の。」

ドイルがやっとのことでそれだけこたえた。自由研究って、そういうのでもいいのか。ますますなにをすればいいかわからなくなってしまいそうだ。

ホームズが、「ぼくもくわしくはないけど」とまえおきしていった。

「自由研究といえば、結晶づくりやペットボトルロケットの実験あたりが定番なんじゃないかな。あるいは、なにかめずらしい動物の観察記録なんかもいいかもしれないね。」

「めずらしい動物かあ。めずらしいパペットの研究じゃダメか？」

なんてふざけてたずねたとたん、ドイルがぶるぶると首をよこにふった。そのふりかたがあんまり必死だったから、おれはあわてて「じょうだんだって！　おまえらの秘密がばれるようなこと、おれがするわけないだろ！」とドイルを安心させた。

しゃべるパペットの秘密がばれることを、ドイルはとてもこわがる。まえにかよっていた学校で、秘密がばれてつらい思いをしたらしい。ドイルはそれが原因で、今年の春におれの学校に転校してきたのだ。

じょうだんでもいうんじゃなかった。本気でほっとしているドイルを見て、おれはそう反省した。

「そうだなあ、めずらしい動物なんて思いつかないから、やっぱりほかの……。」

おれがとちゅうまでいいかけた、そのときだった。

とつぜんなにかに足がはまって、おれはあやうくころびそうになった。びっくりして地面を見おろすと、山道にでかい穴がほられていた。

「な、なんだよこれ。だれだ、こんなとこに穴をほったの。」

おれがもんくをいっていると、ホームズが穴を観察してこたえた。

「おそらくこの山の動物がほったものだろうけど、それにしてもずいぶん大きいね。犬やウサギがほった穴じゃなさそうだ。ほったのはもっと大型の動物……たとえばそう、クマとかね。」

「クマだって⁉」

おれはぎょっとしてしまった。まさか、クマなんてこんなとこにいるわけないだろ。と思ったけど、そういえばつい最近、となりの山でクマが目撃されたって話をきいたおぼえがある。

不安になってあたりを警戒していたら、ホームズがおもしろがっていった。

「ちょうどいいじゃないか。自由研究のテーマは、クマの観察記録にしたらどうだい。」

「できるかそんなもん！　クマの観察なんて、命がいくつあってもたりねえよ！」

おれがいいかえしていると、ドイルがふしぎそうに穴をのぞきこんでいった。

「だけど、ほんとうに大きな穴だよね。ねえバロン、どんな動物がほったのか、においでわかる？」

「もちろんですとも。しばしおまちを、わが姫。」

バロンがきどった口調でこたえて、地面の穴に鼻を近づけた。

バロンの鼻のよさは警察犬なみだ。ふだんはいばってばっかりのえらそうなやつだけど、事件のときはその鼻で、地面にのこったにおいを追いかけたり、はなれた場所にあるものや人のにおいをかぎとったりと、ものすごくたよりになる。

バロンはじまんの鼻をうごかしてから、むぅ、と首をひねった。

「どうにも信じがたいな。ワガハイの高貴な鼻にくるいはないはずだが……。」

「もったいぶらないでおしえろよ。いったいなんのにおいだったんだ？」

クマじゃなかったよな、といおうとしたところで、近くのしげみがふいにガサガサと鳴った。

おれはぎゃっ、とさけんでしげみからとびのいた。それからもっていた画板を盾のかわりにして、しげみをにらんでいると、しげみから顔をだしたのはクマじゃなくて、鼻の頭に葉っぱをくっつけた、若い兄ちゃんだった。

そのまぬけな顔の兄ちゃんと、すこしのあいだ無言で見つめあってしまってから、おれは大きなためいきをついた。兄ちゃんはしげみからでてくると、てれく

さそうに髪をかきながら、おれたちにあやまった。

「ごめんごめん、おどかしちゃったかな。ついさがしものに夢中になっちゃってさ。」

茶色い髪をうしろでしばった、背の高い兄ちゃんだった。年は大学生かもうすこし上くらいで、手にはスコップをもっている。その兄ちゃんに、おれは「さがしもの？」とききかえした。

「そんなしげみのなかで、なにをさがしてたんスか？」

「いやあ、なんていうか説明がしづらいんだけど、まあちょっと伝説の剣を……。」

「伝説の剣ィ⁉」

おれはすっとんきょうな声をあげてしまった。だけど、近所の山でスコップをもった兄ちゃんに、伝説の剣をさがしてるなんていわれたら、そんな声もでる。

兄ちゃんはおれの反応にまんぞくしたようなにこにこ顔で、ポケットから折りたたんだ紙をとりだした。

「正確にいうと、この地図のここの場所をさがしてたんだけどね。」

兄ちゃんが紙をひろげると、そこにはおれたちくらいの小学生がかいたような地

図がかいてあった。だけど、あきらかにこの山の地図じゃない。なぜって地図のなかには、でっかい塔や首が三つあるドラゴンや、赤く燃えるフェニックスの絵がかいてあるんだから。これはどう見てもゲームの世界の地図だ。

その地図の兄ちゃんがゆびさしているところに、台座にさかさまにつきささった剣の絵がかいてあった。剣のまわりには、キラキラした光もかかれている。たしかにこれは、えらばれた勇者だけがぬくことのできる伝説の剣だ。

「いったいなんの地図なんスか、これ。」

おれがたずねると、兄ちゃんはにやりとしてこたえた。

「これはね、この山にうまっている宝の地図なんだ。」

「宝の地図⁉」

そうさけんだのはおれだけじゃなかった。となりを見ると、ドイルの背中にかくれていたはずのホームズが、くいいるように兄ちゃんの顔を見つめていた。バロンまでかくれるのをわすれて、まじまじと地図をながめている。

「わあっ！　このウサギのパペット、すごくかわいいね！」

兄ちゃんがホームズを見て歓声をあげた。それから、「ところで、いまの声ってきみがだしたの？」とドイルにたずねる。

ドイルがパペットたちをかくして、こっちにたすけをもとめてきたので、おれは強引に話をもどした。

「そんなことより、これが宝の地図ってどういうことっスか？　この剣がかいてある場所に、宝がうまってるってこと？」

「ああ、うん。宝っていっても、金銀財宝じゃないけどね。ぼくがまだ小学生のころに、仲のよかった友だちとうめた宝なんだ。」

兄ちゃんがおれのほうをむいてこたえた。よかった、うまく気をそらすことができたみたいだ。

「宝をうめたのは、二十年まえのちょうどいまの時期でね。仲間のひとりが転校することになって、最後の思い出にってことで、みんなで宝物をもちよってこの山にうめたんだ。大人になったらほりだそうって話だったんだけど、みんなすっかりわすれちゃってさ。宝をうめた場所もわからなくなっちゃったんだよね。」

8/22

二十年まえときいて、おれはおどろいてしまった。二十年まえに小学生だったということは、この兄ちゃんはもう三十歳くらいなのか。顔もしゃべりかたもふんいきも、もっとずっと若そうに見える。

「わからなくなったって、こんな地図までかいたのに？」

「はずかしながらそうなんだ。これをかいたのはぼくじゃないんだけど、かいた本人も記憶があいまいらしくてさ。この剣の場所に宝がうまっているのはたしからしいんだけど。」

兄ちゃんの話によると、宝の地図は転校していった友だちがかいたもので、ほかの仲間にわたしそびれたまま、二十年間ずっとつくえにしまわれていたらしい。その友だちが、兄ちゃんが宝をさがしているときいて、ひきだしの底にうもれていた地図を、兄ちゃんのところにおくってくれたのだという。

「だけど、見てのとおりなにがなんだかわからないだろ、この地図。かいた友だちは絵をかくのが好きなやつだったから、どうせならゲームにでてくるような本格的なのにしようと思って、こんな地図をかいたんだろうけど。それでしかたなく、ど

こかにこの剣みたいな目印がないか、山じゅうをさがしまわってるんだよ。」

　そう話す兄ちゃんの髪や服には、あちこち葉っぱがくっついていて、ズボンも土でどろどろになっている。どうやらよっぽど熱心に、二十年まえの宝をさがしていたらしい。

「そんなに大事なものをうめたんスか?」

「まあ、ぼくにとってはね。そのころおきにいりだった、かわった人形なんだ。その宝物の人形を、来月開店するぼくの店にかざろうと思ったんだけど、家のどこにも見あたらなくてさ。それでこの山にうめたことを思いだして、こうして必死にさがしてるってわけ。」

　兄ちゃんはやれやれと肩をすくめてから、おれのもっている画板を見ていった。

「おっと、もしかして、これから宿題かな。暑いのにおつかれさま。それじゃあ、ながながと引きとめちゃってわるかったね。」

　兄ちゃんはまたガサガサとしげみをかきわけていってしまった。そのあとで、バロンが「助手よ」とおれに話しかけてきた。

「あの男、探偵のことだけをほめて、ワガハイにはなにもいわなかったが、あれはいったいどういうことだ。」

「そりゃあおまえはかわいくないからだろ。」

うっかり正直にこたえてしまったら、バロンがガブリとうでにかみついてきて、おれは悲鳴をあげた。パペットのくせに、バロンのかみつきは本物の犬なみにいたいのだ。

「ほらほら、ふざけている場合じゃないよ。それよりいまは宝の地図だ。さっきの宝の地図、とても魅力的になぞめいていたじゃないか。さっそくあの地図のなぞをとかなくてはね。」

ホームズの声はものすごくわくわくしていた。おれはどうにかバロンをひきはがしてから、ホームズにいいかえした。

「たしかに気になるけど、地図はあの兄ちゃんがもっていっちゃったんだぜ。うろおぼえじゃ宝の場所なんてわかりっこないだろ。」

「そのことなら問題ないさ。バロン、やれるね?」

「むろんだ。助手よ、その画用紙のうらをつかわせるがいい。それからえんぴつもよこすのだ。」

バロンがそう命令してきた。なにをするつもりだ、と思いながら、おれはバロンにえんぴつをわたして、画板の画用紙をうらがえしにした。

バロンはえんぴつを口にくわえると、猛スピードでそれをふるって、画用紙のうらに絵をかきはじめた。それはもう信じられないようなスピードで、おれはただぽかんとすることしかできずに、バロンのえんぴつさばきを見つめていた。

画用紙のうらに、見おぼえのある絵がどんどんかきあがっていく。そうしてほんの数分後には、さっきの兄ちゃんに見せてもらったのとそっくりな、宝の地図の絵が完成していた。色はついていないけど、まるで機械でコピーしたように正確な絵だった。

「どうだ助手よ、みごとなものだろう。ワガハイの画力、思い知ったか。」

「みごとっていうか、すごすぎだろこれ！　なんでもとの絵もないのに、こんなカンペキにそっくりな絵がかけるんだよ！」

「そうだろうそうだろう、ワガハイをぞんぶんにほめたたえるがよいぞ。」

　バロンは、これでもかというくらいふんぞりかえってみせた。

　まさかバロンにこんな特技があったなんて。さっきは相手にしなかったけど、こいつがてつだってくれたら、風景画の宿題なんかあっというまにおわらせられるんじゃないか？

「……なあバロン、おまえ、おれの絵をてつだってくれるっていったよな。」

「うむ、きさまの態度しだいではな。ワガハイの手をかりたいのならば、これからはワガハイのことをバロンさま、もしくは男爵さまとよんでうやまうのだ。」

　とっさに、「やなこった」といいそうになって、おれはその言葉をのみこんだ。宿題のためならしかたないか。いや、だけどおれにもプライドってもんがあるぞ。

おれがしんけんになやんでいると、ドイルがホームズに問いかけた。

「どう、ホームズ。宝のありかはわかりそう？」

「そうだね、まずはこの山の地図をたしかめたいな。たしかここにくるとちゅうに案内板があったから、そこまでもどることにしようか。」

「うん。あっ、けど和藤くんの宿題が……。」

「よっし、そうときまれば、さっさと案内板のところまでもどるぞ！」

おれはドイルの言葉をさえぎって歩きだした。パペット探偵団の探偵助手として、宿題より探偵団の活動を優先するのはとうぜんだからな。

べつに、宿題の絵をかくより、宝さがしのほうがたのしそうだからじゃないぞ。

山のふもとにある案内板の地図は、さびだらけで絵もかすれていた。
「そうとう古いもののようだね。宝がうめられた二十年まえには、もうここに立っ

ていたんじゃないかな。」

ホームズが案内板をながめていった。案内板にかいてあるのは、頂上までの道と、山のなかにある神社や休憩所や小さな池。それから山のまわりの病院や動物園、駅や教会なんかもかいてある。

ホームズはその案内板の地図と、バロンがかきうつした宝の地図を見くらべて、ふむふむとうなずいている。ホームズが考えているあいだ、おれもあらためて宝の地図をながめてみた。

地図の上のほうにはでっかい塔があって、塔の手まえに三ツ首のドラゴ

ンが立ちはだかっている。塔から地図の下にむかって道がのびていて、伝説の剣がかいてあるのはその道の下側の森のなか。道はとちゅうでふたつにわかれて、わかれ道のそばには小さな立札がある。

わかれた道の片方をすすんでいくとフェニックスが、もう片方の道をすすむと大蛇がまちかまえている。大蛇はもとの絵だとたしか黄色で、からだのまわりがバチバチひかっているから、たぶんカミナリ属性の怪物なんだろう。

地図のすみには、大昔の地図にかい

てあるような羅針盤の絵もあった。その羅針盤のすぐそばに、小さく『8／22』という数字も書いてある。これはもしかすると、宝をうめた日付じゃないだろうか。

しばらくふたつの地図をくらべてなやんでみたけど、案内板と宝の地図で、似ているところはまったくない。ほんとうにこの山の地図なんだろうな、とおれがうたがいはじめていたら、ホームズが「なるほど」とつぶやいた。

「なるほどって、まさかおまえ、もう宝のありかがわかったのか⁉」

「いや、まだ正確な位置まではわからないけど、すくなくとも三びきの怪物と、塔の絵のなぞはとくことができたよ。そうだね、まずは地図にかいてある立札の場所に移動することにしようか。」

ホームズはそういって、ドイルの手をひこうとする。

「まてよ、そのまえにちゃんと説明しろって。この塔とかドラゴンとか、どういう意味なのかわからないと気になるだろ。」

「うふふ、すぐにおしえてしまったらおもしろくないだろう。目的地についたら説明してあげるから、それまできみとドイルも、この地図のなぞに挑戦してみたまえ。」

そこの案内板を参考に推理すれば、自然と答えはわかるはずだよ。」

ホームズはいつものとおり、いじわるにそうじらすだけだった。

山道をまたのぼりながら、おれはドイルの携帯電話でとった案内板の写真と、宝の地図を見くらべてうなっていた。

ホームズのいいかたから予想すると、たぶん宝の地図の怪物や塔の絵は、それぞれ案内板にのっているどこかの場所をあらわしているんだろう。だけど、どの絵がなにをあらわしているかは、おれにはまだぜんぜんわからない。

「塔はやっぱり、なにか高い建物をあらわしてそうだけど、案内板には、そういう建物はのってないんだよね……。」

ドイルも携帯の画面を見ていった。なぞときに集中して、つかれをわすれているのか、ドイルの声は、さっきほどへとへとになってはいなかった。

「案内板にかいてなくていいなら、山のそばにでっかいマンションがあるぞ。」

「そのマンション、二十年以上まえから建ってた？」

しまった、それをわすれてた。たしか去年できたばっかりだったはずだ。けど、ほかにこの近くで、塔みたいな建物なんて思いつかないぞ。

「じゃあ、塔はおいておくとして、あとはドラゴンとフェニックスと大蛇か。フェニックスって鳥だろ。案内板にかいてある場所で、鳥に関係がありそうなのって、動物園くらいだよな。」

「でも、動物園をあらわしたいなら、フェニックスじゃなくて、もっと動物っぽい怪物にするんじゃないかな。それに、ヘビがいる動物園もけっこうあるし……。」

そういえば、山のふもとの動物園にも、ハ虫類コーナーにヘビがいたような気がする。もともとむりがあるとは思ってたけど、どうやら動物園も関係なさそうだ。

「この大蛇もあやしいよね。ドラゴンやフェニックスとちがって、カミナリをまとった大蛇の怪物なんて、ゲームでも見たことがないから……。」

ドイルがそういうのをきいたホームズが、「いいところに気づいたね」とこっちをふりむいた。

「だけどざんねん、そろそろ時間ぎれだ。ほら、目的地が見えてきたよ。」

ホームズが正面に見える立札をゆびさしていった。近くにいってたしかめると、立札は三枚にわかれていて、それぞれ頂上と駅と神社の方向をさしていた。

「案内板を見るかぎり、この三か所が同時にしるされた立札がありそうなわかれ道は、おそらくここだけだ。どうだい、宝の地図の絵が、なにをあらわしているのか、もうわかったんじゃないかな。」

ホームズにそういわれても、おれは首をかしげることしかできなかった。立札に書いてあるのが、頂上と神社と駅ということは、地図の怪物の絵は、そのどれかをあらわしているってことなのか？

「むずかしく考えることはないんだよ。ちょっとしたなぞなぞのようなものさ。バロンのうつした地図には色がないから、気づきにくかったかもしれないけど、もとの地図のフェニックスの色は赤かったろう。赤と鳥から連想できるものが、立札にしるされている場所のどれかにあるんじゃないかい？」

「赤と鳥から連想って……。」

「もしかして、神社の鳥居のこと⁉」

ドイルの言葉に、ホームズが「正解」とうなずいた。そうか、とおれがなっとくしていると、ドイルはさらにつづけていった。

「大蛇もわかった。大蛇は駅をあらわしているのね。」

「な、なんで大蛇が駅になるんだよ!?」

おれがおどろいて問いかけると、ドイルがこっちをむいて説明した。

「えっと、正確には駅じゃなくて電車なんだけど、電車は電気でうごく長いのりものでしょ。だから、カミナリをまとった長いヘビであらわそうとしたんじゃないかな。それからもしかすると、大蛇の体の四角い模様は、電車のまどをあらわしてい

るつもりなのかも、って……。」

「ドイルのいうとおりだろうね。だけどこの程度のこと、案内板を見た時点ですぐにわからないと、名探偵を名のることはできないよ。」

ようするに、ホームズは自分のほうがすごいといいたいらしかった。

「それじゃあ、のこりの塔とドラゴンが、山の頂上をしめしてるのか？」

「いや、山頂をしめしているのは塔のほうだけ。ぼくとドイルはまだのぼったことがないけど、シュンは見たことがあるんじゃないかな。山の頂上に、そこが山頂であることをしめす、太い棒かなにかの標識が立っているのを。」

「あっ、あったぞ、たしか！　そうか、その頂上の棒が宝の地図の塔なんだな！」

おれは興奮しながら宝の地図をたしかめた。おれたちがいまいるのはわかれ道の立札のところで、剣がかかれているのは、塔までの道の下側。立札とは反対側だ。そっち側には、山のふもとまでつづく雑木林がひろがっている。

「つまり、こっちの雑木林のどこかに宝をかくしたってことか。けどよ、こっち側の雑木林っていったって、かなりひろいぜ。こんなところをぜんぶさがせっていうのかよ。」

「宝の地図をよく見たまえ。まだヒントがのこっているだろう。ほら、塔の前にかかれている、三ツ首のドラゴンの絵さ。これからじっさいに、そのドラゴンがしめす場所までいってみよう。」

そう遠くないはずだよ、といって、ホームズがまたドイルのうでをひいた。

ホームズのいうその場所は、立札から頂上にむかって、ゆるい坂道を二分くらいのぼったところにあった。だけどそこは、特になにがあるわけじゃない、ただのわかれ道だ。

この場所がなんでドラゴンになるんだ? そうふしぎに思っていたおれは、目の前の道が三方向にわかれていることに気がついてはっとした。ドイルもほとんど同時に、あっ、と小さく声をあげた。

「ふたりとも気づいたようだね。そう、三ツ首のドラゴンがあらわしていたのは、このわかれ道。重要なのはドラゴンじゃなくて、首の数だったんだ。つまり宝は立札からこのわかれ道のあいだの、ふもとよりの雑木林にうめたということさ。」

どうだい、と胸をはるホームズに、おれは感心して拍手をおくりそうになった。

けれどそれからホームズは、むずかしい声になってつづけた。

「ただ、いまのところ解明できたのはここまででね。この雑木林のどこに宝があるかは、まだわかっていないんだ。木の幹にでも、剣の絵のような目印がつけてあるのかもしれないけど、あるいはまだとくべきなぞが……。」

「とにかく、そこまでわかってるなら、かたっぱしからしらべてみようぜ。」

おれはホームズをせかした。うまっているのが本物の財宝じゃないとわかっていても、わくわくしてじっとまってなんていられなかった。

「しかたがない。ぼくとしては、最後まで知的に宝のありかをつきとめたいところだけど、きみはまってくれそうにないしね。とはいえ、ぼくらだけでこの雑木林をくまなくしらべるのは骨がおれそうだ。ドイル、たのむよ。」

「うん、シルクをよべばいいのね。」

ドイルがそういってバッグのなかをさぐると、シルクがいきおいよくとびだしてきた。いつものやかましいせりふといっしょに。

「にゃあっはっは――っ！　よばれてとびでてうにゃにゃにゃ――ん！　パペット探偵団のアイドルキャット、シルクちゃんの登場にゃ――ん！」

アイドルっぽい登場ポーズをきめたシルクに、ホームズがたのんだ。

「シルク、きみにたのみたいことがあるんだ。これからこの雑木林をしらべるところなんだけど、ぼくたちだけでは手がたりなくてね。」

「にゅふん、にゃるほどにゃるほど。それでシルクちゃんのファンクラブのみんなに、てつだってほしいってことかにゃん？　そういうことなら、シルクちゃんにおまかせにゃん！」

シルクはいちいちポーズをとりながらこたえると、思いきり息をすいこんだ。

「うみゃみゃあ――――っ！」

シルクの鳴き声があたりにこだました。するとそのこだまがきえないうちに、近くにいたネコたちが、シルクのもとにつぎつぎあつまってくる。さすがにこんな山のなかだから、まえに街でよびよせたときほどの大軍にはならないけど、それでも二十ぴき以上のネコが、シルクの声をきいてとんできてくれた。

「にゃっふう――っ！　しっぽがこげちゃうくらい暑いのに、みんなシルクちゃんのためにあつまってくれてありがとにゃ――ん！」

シルクがうれしそうにはしゃぐと、ネコたちがまるでアイドルのコンサート会場にやってきたファンの集団みたいにもりあがった。それからシルクはネコたちにむかって、にゃあにゃあとネコ語で話しはじめる。

これがシルクのとくべつな能力。シルクはネコと話をすることができるのだ。おまけにこんなピエロみたいなかっこうをしているくせに、なぜかこいつは街

じゅうのネコたちからアイドルあつかいされていて、ネコたちはシルクのたのみならなんでもきいてくれる。

「地面につけた目印が、長期間のこっているとは思えないから、目印があるとしたら木の幹が最有力候補かな。かわった印のある幹をみつけたら、すぐにしらせるようにいってくれるかい？」

シルクがホームズの言葉を通訳すると、ネコたちは先をあらそうように雑木林に散っていった。そのあとでホームズが、おれとドイルの顔を見あげていった。

「さあ、ぼくたちも調査をはじめよう！」

ネコたちがてつだってくれたおかげで、雑木林をしらべるのに、そう時間はかからなかった。だけどすみずみまでしらべつくしても、宝の地図にかいてあったような目印は、どこにも見あたらなかった。

おれは宝の地図を見つめているホームズにいってみた。

「もしかして、目印がきえちゃったんじゃないか。だってもう二十年もたってるんだろ。」

「たしかに、その可能性も否定はできないね。ただ、もともと十年程度はうめておくつもりだったみたいだから、そうかんたんにきえるような目印にするとは思えないんだけど……。」

それからおれたちはもう一度、雑木林をていねいにしらべなおすことにした。もうれつな暑さとセミの大合唱でまいってしまいそうだったけど、それでもめげずに宝の目印をさがしつづける。

そのとちゅう、ふもとの家のそばをしらべているときだった。どこからかピアノの音がきこえてきて、おれが顔をあげると、屋根に十字架のある建物が見えた。たしか、案内板の地図にのっていた教会だ。

こんなところにあったんだな。おれがそう思って、教会の建物をながめていると、とつぜんホームズのするどい声がきこえた。

「みつけた、宝の目印！」

「えっ、目印って、どこにあるんだ!?」

きょろきょろしているおれに、ホームズが「きみの足もとだよ！」といってきた。

おれはおどろいて足もとを見おろした。地面は草でおおわれていて、地図にかいてあったような目印なんてどこにも見あたらない。けれどかわりにそこには、教会の建物のかげがあった。

そのかげの形を見て、おれはまさか、とつぶやいた。地面にのびた教会の十字架のかげは、その場所につきささった剣の形にも見えた。

ホームズがおれの考えていることを読んだようにいった。

「そう、その教会の十字架のかげこそが、宝の地図の剣の絵があらわしていたものだったんだ。」

それをきいたドイルが、すぐホームズに問いかけた。

「でもホームズ、かげのできる位置は、季節や時間によってかわるはずでしょう？」

「そのとおり。だから宝の地図には、わざわざ宝をうめた日付がしるしてあったのさ。そして日付といっしょに、ちゃんと時間も書いてある。」

おれはあわてて宝の地図を確認した。うっかり見おとしたのかと思ったけど、地図に書いてあるのは日付だけだ。時間なんてどこにもない。

まゆをひそめて地図から顔をあげると、ホームズがおれたちにいった。

「気がつかないのかい。ほら、地図にかいてある羅針盤だよ。ふつうなら、羅針盤の針は北をさすものなのに、その針はなぜかべつの方角をさしているだろう。この羅針盤は方角じゃなくて、宝をうめた時刻をあらわしていたんだ。」

ホームズの説明をきいて、おれはあらためて地図の羅針盤を見つめた。てっきりこの羅針盤は、宝の地図をそれっぽくするためのかざりだと思っていた。

宝の地図の羅針盤がさしているのは、時計でいうと二時の方向だった。

「幸運にも、地図の日付は今日と数日しかちがわない。二時はもうすぎてしまっているけど、その程度ならおよそのかげの位置は推測できる。宝がうまっているのは、その場所だ。」

ホームズが十字架のかげの根もとから、すこしずれた地面をゆびさした。シルクがそれを通訳すると、ネコたちがすごいいきおいでそこをほりはじめた。

ドキドキしながら見つめていると、土のなかから、ビニール袋につつまれた四角い缶が顔をだした。せんべいとかクッキーのつめあわせがはいっていそうなサイズの缶だ。

「あった!」

おれはネコたちがほりおこした缶を、穴からだして地面においた。それからビニール袋とパリパリになったテープをはぎとって、缶のふたをあける。

缶のなかには、古ぼけたカードの束だのゲームソフトだの、なにかの人形だのが、ごちゃごちゃとつめこまれていた。まちがいない、これはあの兄ちゃんが、仲間といっしょにうめた宝だ。

「ここまできれいに保存できているのは奇跡的だね。ふつうはもっとしっかりした容器でないと、中身がぼろぼろになってしまうものらしいけど。」

「とにかくすぐにとどけてやろうぜ。あの兄ちゃん、まだ帰ったりしてないよな。」

ドイルがシルクといれかわりでバロンをよんだ。ドイルが兄ちゃんの居場所をさぐってくれるようにたのむと、バロンはあたりのにおいをかぎとっていった。

「どうやらこの近くにいるようだ。においが風ではこばれてくる。それではわが姫、どうぞこちらへ。」

カッコつけた礼をして、バロンがドイルのうでをひいた。宝をわたしたときの兄ちゃんの顔をたのしみにしながら、おれも宝箱の缶をかかえて、雑木林の斜面をのぼった。

宝物の缶をとどけると、兄ちゃんはまるでおれたちより小さな子どもみたいに、大はしゃぎしてよろこんだ。

「いやあ、けどびっくりしたよ。あんなちらっと地図を見ただけで、宝をさがしあてちゃうなんて、とんでもない名探偵だったんだね、きみたち。」

ホームズにかわって、宝の地図のなぞを説明すると、兄ちゃんはしきりに感心して、おれとドイルをほめた。ほんとうは、バロンのかいた地図を見ながらだったし、なぞをといたのもおれじゃなくてホームズだけど、せっかくだからいい気分になっておくことにした。

「ところで、店にかざりたい宝物ってなんだったんスか？」

「ああ、それはこの、まねきウサギの人形なんだ。」

兄ちゃんが缶からとりだしてみせたのは、片手をひょいっとあげたウサギの人形だった。それを見たドイルが、「あっ、かわいい」とつぶやく。

「まねきネコじゃなくて、まねきウサギ？」

「そうそう、かわってるでしょ。けど、ぼくがひらく喫茶店には、まねきネコより

まねきウサギのほうがぴったりなんだよ。インターネットで似たようなものはみつけたんだけど、どうせならおきにいりだったこの人形をおきたくってさ。だからこれをみつけてくれて、ほんとうに感謝してるよ。」

兄ちゃんはまねきウサギをていねいにしまってから、こまった顔になっていった。

「でもどうしよう。きみたちにお礼がしたいんだけど、さいふも家においてきちゃったし……。」

「そんなのいいっスよ。宝をさがすの、たのしかったたし。」

「そういうわけにはいかないよ。そうだ、もしよかったら、来月開店するぼくの喫茶店にきてくれないかな。お礼はそこでかならずするからさ。」

兄ちゃんがその喫茶店の場所をおしえてくれた。店は近所の商店街からちょっとひっこんだところに開店するそうで、店名は『ラパン』というらしい。喫茶店というよりパン屋みたいな名前だ。

「じつはね、ちょっとかわった喫茶店なんだ。だけど、どうかわってるかは、きてみてからのおたのしみってことで。それじゃあきみたち、ほんとうにありがとう。」

兄ちゃんはスキップでもはじめそうな足どりで山をおりていった。そのうしろすがたを見おくったあとで、おれは「さあ」とドイルに声をかけた。

「無事に宝もみつかったことだし、おれたちも家に帰ろうぜ。」

「おっと、そうはいかないよ。まさかこの山にきたほんらいの目的を、わすれてしまったわけじゃないだろう?」

ホームズが、歩きだそうとしたおれの服をつかまえた。いきおいでごまかせるかと思ったけどダメだった。おれがガクッと肩をおとすと、ドイルがひかえめに「和藤くん、がんばって」とはげましてきた。

✧

宝さがしをしていたせいで、宿題の絵はあまりすすまなかった。

もうすこしで下がきがおわりそうだったけど、リリカの散歩があるから、つづきはあしたすることにした。リリカはおれんちで飼ってるミニチュアダックスフントで、もともと姉ちゃんが飼いはじめたのに、なぜか散歩はいつもおれがさせられている。

「まったく強情な男だな、きさまは。すなおにワガハイにたすけをもとめていれば、いまごろ絵は完成していたものを。」

山道のとちゅうで、バロンがいじわるにいった。

「気がかわったなら、いつでもワガハイをたよってよいのだぞ。絵心のとぼしい庶民にすくいの手をさしのべるのも、高貴なる貴族のつとめだ。」

「うるせえ。おまえにてつだってもらわなくたって、おれはぜったいすごい絵をうわっ！」

おれは悲鳴をあげてしりもちをついた。地面にほってあったでかい穴に、また足をとられてしまったのだ。のぼりではまった穴とは場所がちがうけど、大きさからして、どうもおなじ動物がほった穴みたいだった。

「だ、だいじょうぶ、和藤くん。」

「ああ、けどこんな穴、いったいいくつあるんだよ。」

あぶねえなあ、とぼやきながら、おれはズボンのしりをはたいて立ちあがった。

それから地面の穴をにらみつけると、穴のなかに白くてふわふわした毛が落ちていた。

「これ、どう見てもクマの毛じゃないよな。」

落ちていた毛をつまみあげてつぶやくと、シルクがぴょこんと顔を近づけてきた。

「白クマさんなのにゃん？」

「そんなのいてたまるか！」

シルクにいいかえしたあとで、おれはふと思いだした。そういえばのぼりのとき、穴のにおいをかいだバロンは、なんだかなっとくのいかないようなことをいっていた。あのときはききそびれてしまったけど、結局このめいわくな穴をほったのは、どんな動物なんだろう。

おれはバロンにきいてみようとした。ところがそのとき、またすぐそばのしげみで、ガサガサと音が鳴った。

おれはとっさにドイルをかばってあとずさった。こんどこそ、穴ほり犯のおでましか。おれがそう思ってまちかまえていると、しげみのなかから、でかくて白いかげがとびだしてきた。

その生きものがいったいなんなのか、おれはすぐにはわからなかった。ぱっと見て、巨大わたあめの妖怪かと思った。

まるっこい体型で、白くてふわふわの毛むくじゃら。そしてその大きさは、とび箱のいちばん上の段とおなじくらいあった。校外学習でいった大きな動物園で、超大型ネズミのカピバラを見たことがあるけど、たぶんあれよりもっとでかい。

「それだ。きさまがはまった穴をほったのは、そのでかぶつでまちがいない。」

バロンがなぞの生きものをゆびさしていった。バロンの顔をふりかえってから、また前をむいたところで、おれはそのでかぶつの頭に、長い耳がついていることに気がついた。ちょうどホームズみたいな長いたれ耳だ。

おれの知っているその動物とは、サイズがぜんぜんちがうけど、こんな長い耳の動物といったら、それしか思いつかない。

「ウサギ、なのか……？」

おれの言葉に、でかウサギはちょこんと首をかしげてみせたけど、首をかしげたいのはこっちのほうだった。

第二話(だいわ)

パペット探偵団(たんていだん)とユウレイ神社(じんじゃ)の魔犬(まけん)

とつぜんあらわれたでかウサギは、やたらと鼻をひくひくさせながら、おれのことを見あげてきた。

「な、なんだよ、おれはくいもんなんかもってないぞ。」

もわもわした毛におおわれた赤いひとみに見つめられて、おれがおろおろしていると、うしろでうれしそうな声があがった。

「わっ、わあっ！」

ドイルがおれをおしのけるようにして、でかウサギの前にしゃがんだ。

「おい、あぶないぞ！　凶暴なウサギだったら……。」

「すごいっ！　こんな大きなウサギ、動物園でも見たことない！　しかもこんなにもこもこでたれ耳でかわいくて！　わあっ、もう、わあぁ！」

とちゅうから興奮しすぎで言葉がでてこないみたいだった。いつもとは完全に別人のドイルに、ぽかんとしてしまっていたら、シルクがあきれたような声でおしえてくれた。

「にゅふう、ドイルはウサギさんをみつけると、いつもこうなっちゃうのにゃん。ネコさんよりウサギさんのほうが好きだにゃんて、ドイルの趣味はかわってるのにゃん。」

そんなにウサギ好きだったのか、こいつ。だけどいわれてみれば、大人気のモンスターを育てるゲームで、ドイルのいちばんおきにいりのモンスターはウサギ型のやつだった。それにもしかすると、探偵団の団長のホームズがウサギのパペットなのも、ドイルがウサギ好きだからなのかもしれない。

よこから顔をのぞいてみると、でかウサギを見つめるドイルの目は、キラキラとかがやいていた。

「ジャイアントアンゴラかな。でもそれにしては大きすぎだし、耳の形もちがうよね。もしかしてフレミッシュジャイアントとアンゴラ系のミックス？　ああ、けどもう、かわいすぎて種類なんてどうでもいいかも……。」

ドイルが夢中になってはしゃいでいると、バロンがふいにせきばらいをした。おほん、おほん、とわざとらしく。

「姫、そのような毛玉より、はるかに魅力的な存在が、姫のすぐそばにいることをおわすれではありませんかな。そう、姫の右手に……。」

「あ、ごめんねバロン。両手がふさがってるとこの子をなでられないから、ちょっとのあいだバッグのなかにもどってて。」

「なっ、なんと！　おまちください姫！　姫ぇ！」

　問答無用でバロンをバッグにしまうと、ドイルは自由になった右手でウサギの背中をなでて、「うわあ、ふわふわ」としあわせそうにつぶやいた。

「にゅにゅにゅ！　たしかにこのふわふわは、なかなかあなどれないのにゃん！」

　シルクもべたべたとウサギをさわりまくっている。そんなふうにさわられても、ウサギは特にいやそうにしていない。なでられたりさわられたりするのに、なれているみたいだ。

「こいつ、ぜったい野生のウサギじゃないよな。」

「あっ、うん。毛はすこしよごれてるけど、こんなとくべつな種類のウサギが野生でいるとは思えないし、近所の家から脱走してきたのかな。それとも、すてられ

ちゃったとか……。」

「ホームズだったらそれもわかるんじゃないか？」

おれがいうと、ドイルは「そうだね」とこたえて、左手のシルクを見た。たぶん、シルクにホームズと交代してもらおうとしたんだろう。だけどシルクは、でかウサギの背中をベッドがわりにして、きもちよさそうにごろごろしている。

そんなシルクをじゃまできなかったのか、ドイルはなごりおしそうにウサギをひとなでしてから、右手をバッグにいれた。

「おや、どうしたんだい。シュンの絵は色ぬりくらいまではすすんだかい？」

ホームズがそういいながら顔を見せた、そのときだった。

背中でねていたシルクをはねのけて、でかウサギがうしろ足で立ちあがった。そしてそのまま、ぴたりとうごかなくなる。

「わっ、なんだい、このじょうだんみたいなサイズのウサギは！」

ホームズがぎょっとしてさけんだとたん、でかウサギがすごいいきおいで走りだした。ドイルのまわりを、８の字をえがくようにぐるぐると。こんなでかいずうたいをしているくせに、すばしっこさはふつうサイズのウサギとぜんぜんかわらない。

「ど、どうしちゃったんだよこいつ！」

おれがうろたえていると、ドイルもびっくりした声でいった。

「これって、もしかして求愛行動なんじゃ……。」

「求愛行動!?」

「うん、オスのウサギが、好きになったメスのまわりを、こういうふうに走りまわったりするんだけど……。」

ドイルの説明をきいたシルクが、こまったように両手でほおをおさえた。

「にゃはあ、シルクちゃんは罪な女なのにゃあ。ネコさんだけじゃなくて、ウサギさんまでひとめぼれさせてしまうにゃんて。でもでも、ごめんなさいにゃん。シルクちゃんはみんなのアイドルだから、ウサギさんのプロポーズにこたえることはできないのにゃん。」

シルクはかってにあやまってるけど、これはぜったいにそうじゃない。だって、ほら見てみろ。走るのをやめたでかウサギが、じっと見あげているのは、ドイルの左手にいるシルクじゃなく、その反対側の……。

「こいつ、ホームズにひとめぼれしちゃったんじゃないか⁉」

「なんだって⁉」

ホームズがでかウサギの顔を見つめた。するとでかウサギはうれしそうに、ぷぅぷぅと鳴きはじめる。なんだか鼻を鳴らしているような鳴き声だ。ウサギってこんなふうに鳴くのか。

「なにがひとめぼれだい！　ぼくは男だよ！」

「そうにゃんそうにゃん、シルクちゃんをさしおいて、ホームズにひとめぼれするなんておかしいのにゃん！」

「けどこいつ、ホームズがでてきたとたんにさわぎだしたじゃないかよ。たぶん、パペットだから男か女かわからないんだろ。ホームズは声もどっちだかわかりづらいしよ。」

「シャーロック・ホームズが男性なんだから、ぼくも男にきまってるじゃないか！」

ホームズは怒るけど、ウサギが小説の探偵を知ってるわけないだろ。

でかウサギが、またぐるぐると走りだした。あやうくその巨体にはねとばされそうになって、おれはあたふたとホームズにたのんだ。

「なあ、こいつにおちつけっていってくれよ！」

「それはむりな話だよ。どうやらきみは誤解をしているようだけど、シルクがネコと話せるのは、それが彼女のとくべつな能力だからで、ぼくやバロンはウサギやオオカミとしゃべれるわけじゃないんだから。」

「えっ、そうなのか⁉」

てっきり話せるだろうと思いこんでいた。なんだ、ホームズがこのウサギの言葉を通訳してくれれば、話は早いと思ったのに。 

「それじゃあおまえをよんだって、このでかいのが迷子なのかすてられたのかもわからないんじゃないかよ。」

「ムッ、そのいいぐさはききずてならないね。ぼくの推理力をあなどっているのかい。きちんとしらべれば、迷子かどうかくらい……って、ほんとうにさわがしいなきみは！　すこしはおとなしくしたまえよ！」

　ホームズがそうわめくと、でかウサギがぴたりと走るのをやめた。そしてぎょうぎよくおすわりをして、ホームズの顔を見あげる。

「なんだ、やっぱりつうじるんじゃないかよ、おまえの言葉。」

「おかしいね。これまでつうじたことはなかったんだけど……。」

　ホームズが首をひねったところで、五時をしらせるチャイムの音が鳴りひびいた。

「やばい、もうそんな時間かよ！」

　リリカの散歩の時間にまにあわないと、姉ちゃんに怒られる。いそいで帰ろうとすると、ドイルがおれを引きとめてきた。

「まって和藤くん。この子はどうしたら……。」

「どうしたらっていわれても、おれんちにはつれてかえれないぞ、こんなでっかいの。ドイルんとこはどうなんだよ。」

「うちはマンションだから、動物はダメで……。」

　でも、とドイルはこまりきった顔でうつむいた。

「しかたがないよ、ドイル。気になるのもわかるけど、このウサギくんはここにおいていくしかないね。」

ホームズがそっけなくいうと、その言葉がわかったのか、でかウサギがキュウキュウと必死に鳴きはじめた。さっきまでの鳴きかたとはちがう、悲しげな声だった。

「うみゅう、ホームズひどいのにゃん。でかウサギさんがかわいそうにゃん。女の子とまちがわれてひとめぼれされちゃったのを、怒ってるのかにゃん？」

「お、怒ってなんていないさ。ぼくはいつだって冷静だよ。だけど、そうだね。そんなに心配なら、きみがてきとうなネコくんにたのんで、彼の護衛を……。」

そのときだった。鳴き声が急にとぎれたかと思うと、でかウサギはとつぜんどさっと地面にたおれてしまった。

「にゃにゃにゃっ、ホームズがつめたいことをいうから、ウサギさんがショックでたおれちゃったのにゃん！」

「そんなバカな！　きみ、しっかりしたまえ！　いったいどうしたっていうんだい！」

ホームズがよびかけても、でかウサギは反応しなかった。おれもあわてて「おい、だいじょうぶか！」と、もさもさしたからだをゆさぶってみる。だけどでかウサギは両目をとじて、くるしそうに息をするだけだ。

「どうしよう、動物病院につれていかないと……。」

「つれてくって、このでかいのを運んでくのかよ！」

おれはためしに、でかウサギの体をもちあげようとしてみた。だけど、これはむりだ。重たいしもちづらいしで、長い距離はとても運べそうにない。

「画板をたんかのかわりにして、ドイルとふたりで運ぶんだ。いいかい、ウサギくんの重さで画板がこわれないように、慎重にだよ。」

ホームズがうろたえているおれたちにいった。なるほど、と感心しながら、おれは画板を地面において、でかウサギをそこにのせた。いいところまでかいた絵がよごれてしまうけど、緊急事態だ。しかたがない。

でかウサギの巨体は、画板からはみでるほどだった。ドイルがあたふたとパペットたちをしまって、画板のはしをもつと、おれも反対側をつかんでいった。

「それじゃあもちあげるぞ。いっせえの、せっ！」

画板のたんかにのったでかウサギは、ふたりがかりでもかなり重かった。おれはまだ平気だけど、ドイルはたんかをもちあげた時点で、もうきつそうな顔になっている。

「だいじょうぶか、ドイル。」

「な、なんとか、がんばる……。」

ぜんぜんがんばれそうじゃなかった。おまけに画板はちょっとミシミシいってるし、ここからいちばん近い動物病院まで二十分はかかる。無事にたどりつけるか不安になりながら、おれはドイルとペースをあわせて、よこ歩きででかウサギを運びはじめた。

画板がこわれることはなかったけど、ドイルのためになんども休憩をしながらだから、山をおりるだけでめちゃくちゃ時間がかかってしまった。街はずれの道で、おれがぐったりしているでかウサギを見おろしてあせっていると、ドイルがつらそうにいった。

「和藤くん、ちょっと休憩を……。」

「わっ、いきなりおろすなって！」

画板のたんかを道におろして、おれはますますあせってしまった。ドイルのうではもう限界みたいだ。こうなったらだれかにたすけをもとめて、と思っていると、近くできげんのわるい声がきこえた。

「シュン、あんたこんなとこでなにやってんのよ。」

ぎくっ、としてふりむくと、リリカをつれた姉ちゃんがおれをにらんでいた。おれの帰りがおそいから、しかたなく自分でリリカの散歩をしていたらしい。

でかウサギに気づいたリリカが、キャンキャンとやかましく鳴きはじめた。姉ちゃんも目をまるくして、おれたちのところにかけてくる。

「な、なんなのよ、このでっかいのは。言問さんのペットじゃないわよね？」

「いえ、この子は、その……。」

しどろもどろのドイルにかわって、おれが事情を説明した。話をきいた姉ちゃんは、「ちょっとまってなさい」といって、リリカのひもをおれにおしつけてくる。

そして近くにあった酒屋にとんでいくと、姉ちゃんは売りものを運ぶ台車をおして、店のなかからでてきた。

「かりてきた。友だちの家なのよ、そこの店。ほら、もたもたしないで、さっさとそのウサギをのせる。」

姉ちゃん相手なのに、思わず「はいっ」と先生にするようなへんじをしてしまった。おれがでかウサギを台車にのせると、姉ちゃんが台車の持ち手をつかんでいった。

「ここから近いのは、やっぱりいつもの動物病院よね。言問さんは、つかれてるみたいだけどここで休んでる？」

「だ、だいじょうぶです。」

「ていうか姉(ねえ)ちゃん、ついてきてくれんの⁉」

「しょうがないでしょ。あそこの病院(びょういん)の先生とはなかよしだから、診療代(しんりょうだい)をサービスしてくれないかたのんでみるわ。」

いつもはわがままで乱暴(らんぼう)なだけの姉(ねえ)ちゃんが、いまはものすごくたのもしく見えた。

⛩

サンタクロースみたいな白ひげをはやした動物病院(どうぶつびょういん)のじいちゃん先生が、でかウサギを診察(しんさつ)していった。

「ははあ、こりゃあどうやら、暑(あつ)さにやられたようだねえ。」

「それってつまり、ただの夏バテってこと？」

たいへんな病気(びょうき)じゃないかと心配(しんぱい)していたおれは、ひょうしぬけしてきかえした。

「夏バテというか、熱中症だね。症状はかるいが、そうバカにしたもんじゃあないよ。ウサギは暑さに弱いからね。重たい熱中症になると、死んでしまうことも多い。たおれてすぐここにつれてこられたのは運がよかった。」

なんでも、でかい種類のウサギは、特に暑いのが苦手らしい。だからふつうは、冷房のきいた部屋のなかで飼うものなんだという。

じいちゃん先生の話をきいていると、そのうちにでかウサギがむくりとおきあがった。まるで昼寝から目がさめたみたいに。こっちは大あわてで運んできてやったっていうのに、まったくのんきなやつだ。

でかウサギは診察室のなかを、きょろきょろとせわしなく見まわしていた。いきなり知らない場所につれてこられていて、びっくりしているのかもしれない。いや、もしかするとそうじゃなくて、ホームズのすがたをさがしているのか。

「これだけ元気なら、まあ心配はいらんだろうが、とりあえずひと晩入院させてようすを見ようかね。ウサギの熱中症はこわいから、用心するにこしたことはない。」

「げっ、入院!?」

入院代なんて、おれとドイルのこづかいで払えるんだろうか。心配になってしまったけど、姉ちゃんが事情を話しておねがいすると、じいちゃん先生は金はいらないといってくれた。

じいちゃん先生は、姉ちゃんのことをかなり気にいっているみたいだった。姉ちゃんは家の外ではめちゃくちゃ愛想がいいから、近所の大人たちに大人気なのだ。

動物病院をでたあとで、ドイルが姉ちゃんに頭をさげた。

「あのっ、ほんとにありがとうございましたっ。」

「いいのいいの。それよりあのウサギがたいしたことなくてよかったわ。」

なんてにっこりいいながら、どうせ姉ちゃんはこのことを恩にきせて、またいろいろとおれをこきつかうつもりにちがいない。それはわかっていたけど、とりあえずいまはおれも、姉ちゃんに感謝しておくことにした。

　つぎの日、おれはドイルとふたりで、動物病院にでかウサギをむかえにいった。家をでるとき、姉ちゃんにも声をかけてみたけど、姉ちゃんは「あっそう、あたしこれからレミィと約束があるから」とそっけなかった。まあ、あんまり姉ちゃんにたよるとあとがこわいから、できるだけおれたちでなんとかするつもりだけど。

　でかウサギを引きとったあと、おれたちはおれの家の縁側で話をしていた。ほんとうはおれの部屋で話したかったけど、リリカのやつが玄関でほえまくって、でかウサギを家にいれさせてくれなかったのだ。父ちゃんは会社だし、姉ちゃんも母ちゃんもいまは留守だから、縁側で話していても、パペットのことをあやしまれる心配はなかった。

「おい、あんまりあばれてると、また熱中症でたおれるぞ。」

　おれはでかウサギに日傘をさしてやりながらいった。だけどでかウサギはおかまいなしで、ホームズにむかってぷぅぷぅ鳴いたり、でかい顔をぐりぐりすりつけたりしている。

　ホームズはでかウサギをとことん無視していたけど、とうとうがまんの限界がき

たらしい。ウサギの毛だらけになった顔でもんくをいった。

「ああもう、そんなにべたべたくっつかれたら、相談に集中できないじゃないか！　いいかい、ぼくらはきみのためになやんでいるんだよ。わかってるのかい！」

ホームズにしかられると、でかウサギは逆にますますはげしくホームズにまとわりついた。好きな相手に反応してもらえたのがうれしかったのかもしれない。

ドイルがホームズをなだめた。

「そんなにいらいらしないで。この子、

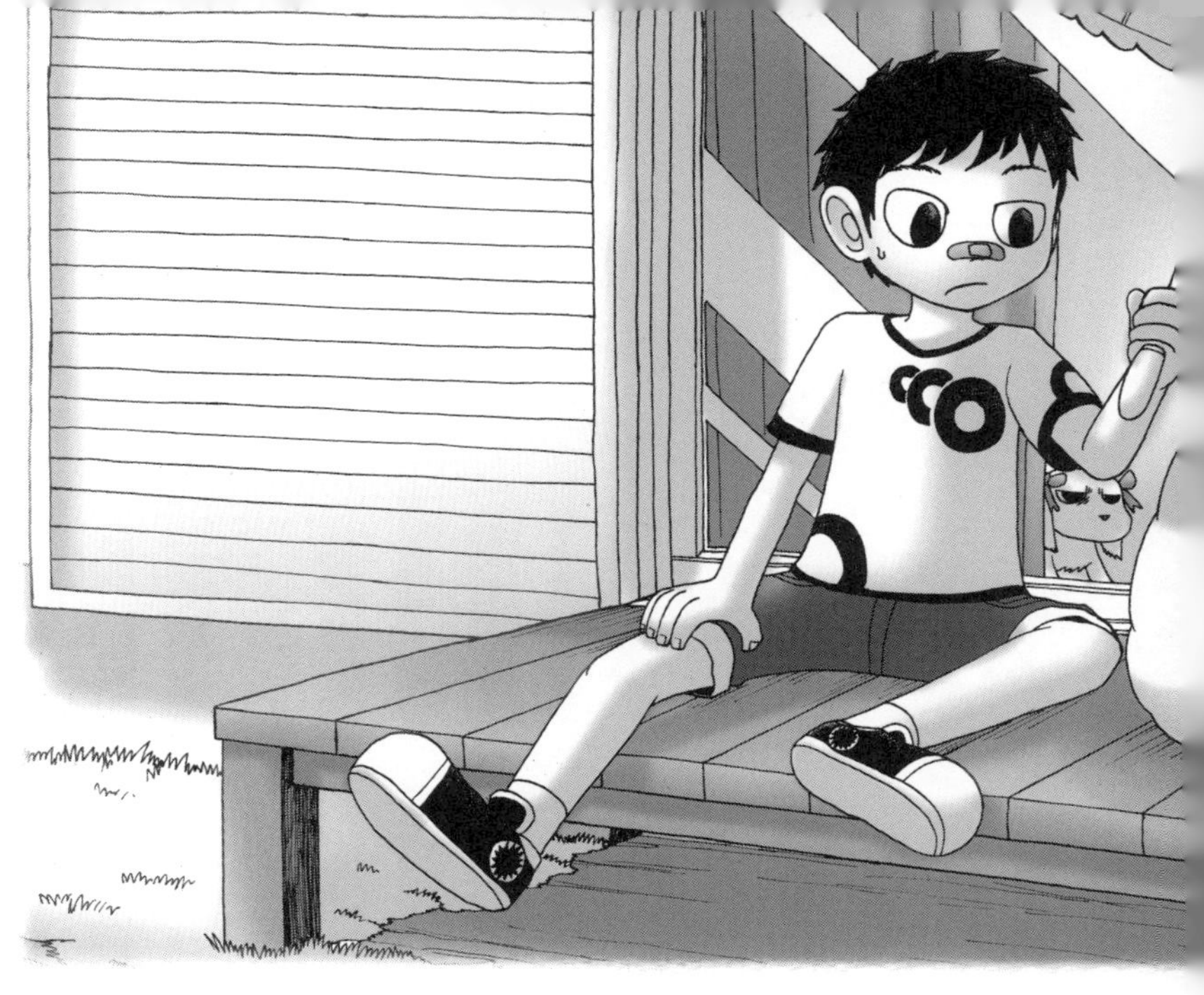

ほんとうにホームズのことが好きなんだよ。」

「ふん、まったくもってめいわくな話だよ。ぼくとしては、できるかぎりすみやかにおさらばしたいところなんだけどね。」

そのせりふをきいたでかウサギのたれ耳が、びくん、と大きくはねた。それからでかウサギは、わたのかたまりみたいにまるくうずくまってしまう。

おれとドイルがホームズをにらむと、ホームズはしどろもどろにいった。

「そ、そんなにおちこむことないじゃないか。いまのは、その、言葉のあやというものだよ。本心からきみと早くおわかれしたいと思っているわけじゃないさ、うん。」

　でかウサギがとたんに元気をとりもどして、またホームズにじゃれついた。ホームズはめちゃくちゃめいわくそうにしながら、反対の手にいるバロンにたずねた。

「そんなことよりバロン、きみの意見をきかせてくれたまえ。山にのこったにおいをたどって、このウサギくんの家をみつけることはできないかい？」

「ふうむ、たしかに足あとのにおいを逆にたどっていけば、最後にはそのでかぶつの家につくだろうが、おそらくそうかんたんにはいかんだろうな。」

　バロンがうでぐみをしてこたえた。

「ウサギの足あとのにおいを追うのは、人間の場合よりむずかしいのだ。しかもそのでかぶつは、姫の足では立ちいることも困難な、道なき道もとおっているだろうし、いつから山をうろついていたのかもわからん。まともににおいをたどったとして、そやつの家にたどりつくまで何日かかるか……。」

　バロンはそこまでいってから、「けっして不可能なわけではないぞ。ワガハイの高貴な鼻に、追えないにおいはないのだからな」とつけくわえた。

まえに追えなかったことがあった気がしたけど、おれはなにもいわないでおいた。いったら怒ってかみついてくるにきまってるからな。

「この子にあった場所にいってみたら、飼い主がさがしにきてたりしないかな。」

ドイルがそう提案した。けれどホームズはむずかしい声でこたえる。

「どうだろうね。注意して耳をすませていたわけじゃないから、確実ではないけど、すくなくともきのう、ぼくらが山にいるあいだ、ウサギくんをさがしているような声はきこえなかった。だからまた山にいったところで、飼い主にあえる可能性は低いかもしれない。」

「直接きいてみればいいんじゃないか。こいつ、ホームズの言葉がわかるみたいだしよ。」

「それがどうも信じられないんだけどね。ぼくはシルクみたいに動物の言葉でしゃべっているわけじゃないのに。」

「いいから、とにかくためしてみろよ。」

おれがせかすと、ホームズはしぶしぶ「ウサギくん」と、でかウサギに話しかけた。でかウサギは気をつけの姿勢をとるように、うしろ足で立ちあがってホームズの言葉をまった。

「ウサギくん、きみの家はどこにあるんだい。ここからその家に帰れるかい？」

ホームズの質問に、でかウサギはちょこんと首をかしげただけだった。

「きみは迷子なのかい？　それともすてられてしまったのかい？」

でかウサギは反対側にまた首をかしげた。

ホームズが、ほらね、というふうに、おれの顔を見あげてきた。はっきり言葉がつうじているわけじゃないんだろうか。質問の答えがでかウサギにもわからない、という可能性もあるけど。

「しかたがない。こうなったら地道に情報をあつめて、飼い主をみつけるしかないね。だけどそのまえに、ウサギくんのねどこをきめないと。日がくれるまでにこの件を解決するのはむずかしそうだからね。」

ホームズがためいきまじりにいった。するとドイルが小声で「やった」とつぶ

やく。

　じろっとそっちをむいたホームズに、ドイルがこまった笑顔であやまった。

「ごめんね。でもこの子、ほんとうにかわいいから、すぐにはおわかれしないでよさそうなのがうれしくて……。」

　ドイルがでかウサギのふわふわな毛をなでた。でかウサギはきもちよさそうに目をほそめているけれど、気づくとさっきまでドイルの手にいたバロンは、いつのまにかまたしまわれてしまっている。バッグのなかですねてなきゃいいけどな、あいつ。

　そこでドイルが思いついたようにいった。

「ねえホームズ、飼い主がみつかるまでのあいだ、この子をパペット探偵団の特別団員にしちゃダメかな。ほら、探偵犬がメンバーにいる探偵団もあるでしょ。この子もそういうあつかいで……。」

「このウサギくんを、ぼくらの仲間にだって⁉」

　ホームズがとげとげしい声でききかえすと、でかウサギがまたさわぎだした。でかい体でぴょんぴょんとびはねては、にぎやかに鳴きまくる。どうやらこいつも探偵団の仲間にいれてほしいらしい。

「じょうだんはよしてくれたまえ。探偵犬ならまだしも、探偵ウサギなんてきいたことがない。」

「おまえだってウサギの探偵じゃんかよ。」

おれがつっこむと、ホームズはむぐっ、と言葉につまった。

「と、とにかく、いま重要なのは、ウサギくんをどこにすまわせるかだよ。ぼくらの家はマンションだからむりだし、シュンのところは、リリカがひどくウサギくんをきらってるようだしね。」

ホームズがふりかえると、まどガラスのむこうで、リリカがでかウサギをにらんでいた。こいつって、散歩でほかの動物にあったときも、いつもこんなふうなんだよな。

しかし、おれの家もドイルの家もダメとなると、どこにこいつをおいておけばいいんだ。また暑さでたおれるとたいへんだから、だれかにすずしい部屋のなかであずかってもらえたらいいけど、こんなでかいのをいきなりあずかってくれるやつなんて、すぐにはみつかりそうにない。

おれが頭をなやませていると、とつぜんやかましい声が耳にとびこんできた。

「にゃあっはっは――っ！　話はきかせてもらったのにゃん！」

でかウサギをなでていたドイルの左手に、いつのまにかシルクがはまっていた。

おれたちが注目すると、シルクはくるくるおどりながらいった。

「どんななやみもにゃにゃっと解決！　スーパーアイドルシルクちゃんの、にゃんにゃんおなやみ相談コーナ――――っ！」

またわけのわからないことをいいだした、と思ったけど、おれはとりあえず拍手をしておいた。最近こいつのあつかいにもなれてきた。

「にゅふふ、拍手のタイミングもバッチリにゃん。シュンもいよいよシルクちゃんのファンとして一人前になったってことかにゃん。」

「ファンじゃねえよ。それで、もしかしておまえ、こいつをあずかってくれるとこに、心あたりがあるのか？」

「もっちろんにゃん！　でかウサギさんのために、シルクちゃんがとっておきのすずしいすみかを紹介してあげるのにゃん！」

シルクはでかウサギにむかって、アイドルっぽく手をさしだした。けれど、でかウサギはホームズに夢中で、シルクのほうは見むきもしない。

へそをまげたシルクがバッグに帰りそうになったので、おれとドイルはあわててそれをとめた。

⛩

シルクの心あたりは、おれの家からすこしはなれた場所にある、ユウレイ神社の縁の下だった。ユウレイ神社っていうのは、もちろんほんとうの名前じゃなくて、ユウレイがでそうなあれはてた神社だからそうよばれている。

シルクがファンのネコからきいた情報では、その神社の縁の下がとてもすずしくて、近所のネコたちに大人気の避暑地になっているらしい。そこをでかウサギのねどこにしよう、とシルクがいうので、おれたちはじっさいにユウレイ神社にいってみることにした。

アスファルトの道がとんでもなく熱くなっていたから、でかウサギはまた台車にのせて運ぶことになった。台車には日傘をくくりつけて、暑さ対策はカンペキだけど、だれかとすれちがうたびにぎょっとされるので、けっこうはずかしかった。

スーツすがたの兄ちゃんが、でかウサギをじろじろ見ながらとおりすぎたあとで、

ドイルの背中にかくれていたホームズとシルクが顔を見せた。そこでおれは、「けどよぉ」とシルクに話しかけた。

「神社の縁の下なんて、ほんとにそんなすずしいのか？」

「にゅふん、冷房のついた部屋のなかよりすずしいって、大評判だそうにゃん。だからでかウサギさんも、きっと快適にくらせるはずなのにゃん。でかウサギさん、シルクちゃんにいっぱいいっぱい感謝するのにゃん。」

シルクにそういわれても、でかウサギはきょとんとするだけだ。なぜなのかはよくわからないけど、やっぱりホームズのいうことじゃないとつたわらないらしい。

シルクは「うみゅう、でかウサギさんはつれないのにゃん」と不満そうだった。

「ところで、でかウサギさんは、ずっとでかウサギさんのままなのかにゃん？　名前をつけてあげないとかわいそうにゃん。」

シルクの言葉に、ドイルもうんうんとうなずく。こいつも名前をつけたかったらしい。ホームズは「名前なんてつけたら、わかれるときによけいつらくなるだけだよ」と忠告してくるけど、名前がないとよびづらいのはたしかだ。

おれはすぐに思いついていった。

「でかウサギだから、デカでいいんじゃないか?」

「えっ、えっと、それはちょっと……。」

「単純なきみらしいといえばきみらしい名前だけど……。」

「にゃはははは、シュンのネーミングセンスぜんぜんダメダメなのにゃん!」

ドイルとホームズとシルクが、そろってもんくをつけてきた。こいつら、いいたいほうだいいいやがって。

「じゃあ、どんな名前だったらいいんだよ!」

おれがふきげんにいいかえすと、ドイルがおろおろとうろたえてから、ぱっとひらめいたようにいった。

「レストレード、とか。」

「れすとれ……なんだその長ったらしい名前。」

「その、和藤くんがいったデカから思いついたの。刑事のことを、デカってよぶこともあるでしょ。それで、シャーロック・ホームズの物語に登場する有名な刑事っていったら、やっぱりレストレード警部だから……。」

「へえ、いい名前じゃないか。それじゃあ、飼い主がみつかるまで、きみの名前はレストレードだ。いいね？」

ホームズがかってにきめると、でかウサギはうれしそうにぷぅぷぅ鳴いた。

だけど、なっとくいかないぞ。そんなややこしい名前より、おれが考えたデカのほうがぜったいわかりやすいだろ。

「ふふん、まさにぴったりの名前だよ。シャーロック・ホームズも、レストレード警部のことは、だいぶうっとうしく思っていたようだからね。」

ホームズがいじわるなせりふをつけたしたせいで、でかウサギ……じゃなくてレストレードは、おちこんでうずくまってしまった。おれたちにまたにらまれるのがわかったのか、ホームズはそれを見てあたふたといった。

「べ、べつに、ぼくがきみのことをきらいだといったわけじゃないだろう。」

レストレードはたちまち元気になって、ホームズにじゃれつこうとする。ホームズがそれをかわしながら、「好きだともいってないぞ！」とわめいていると、ユウレイ神社が見えてきた。

ユウレイ神社は、建物も塀もいまにもくずれそうなほどぼろぼろで、境内も木がしげりすぎてジャングルみたいなことになっている。ユウレイがでるなんてうわさを信じているわけじゃないけど、気味がわるいのはたしかだから、おれもなかにはいったことはない。

その神社の前で、ノラっぽいネコが五ひき、そろって境内をのぞきこんでいた。
「にゃにゃっ、あそこにいるのは、カミナリ親分とビリビリ四天王のみんな。いったいなにをしているのかにゃん？」
なんだかすごい名前のやつらだ。シルクが「にゃっふう！」とあいさつをすると、そのネコたちがこっちをふりむいた。たしかに親分だの四天王だのという名前が似あう、強そうでわるそうなネコたちだった。片目のそばにカミナリ型の模様がある、いちばん大物っぽいふんいきのネコが、たぶんカミナリ親分だろう。

ネコたちはレストレードにびっくりしたのか、毛をさかだてて威嚇してきた。けれどシルクがネコ語でなだめると、すぐにおとなしくなって、にゃあにゃあとシルクに話しかける。

ネコたちの話をきいていたシルクが、とつぜんバンザイのポーズでさけんだ。

「にゃんと！　それはおそろしい大事件だにゃん！」

「事件だって⁉」

ホームズが事件という言葉にくいついた。いったいどんな、とホームズが問いかけると、シルクはなぜかこわい話をするような声になってこたえた。

「ユウレイ神社の境内に、魔犬があらわれたそうなのにゃん！」

シルクがカミナリ親分たちからきいた話の内容はこうだ。

それはきのうの真夜中のことだった。なまあたたかい風がふく、月の見えない夜で、もともと暗いユウレイ神社の境内は、いつにもましてまっくらだったという。

そのまっくらな境内で、カミナリ親分と四天王は、なわばり争いの相談をしていた。最近、親分たちは神社の縁の下をねどこにしていて、いつも境内で会議をしているらしい。

川むこうのなまいきなネコどもを、どうとっちめてやるか、親分たちが熱心に話しあっていた、その最中だった。急にぞくっ、と寒気を感じて、うしろをふりかえったカミナリ親分は、信じられないものを目撃した。

ユウレイ神社の屋根に、あやしい黒犬のすがたがあったのだ。だけど黒犬は、屋根の上にいたわけじゃなかった。コウモリみたいにさかさまにぶらさがって、親分たちをじっと見つめていたのだ。

こいつはこの世のものじゃない。親分はひと目見てそう気づいたらしい。黒犬のすがたはぶきみにすきとおっていて、むこう側にある神社の壁がうっすらと見えていた。おまけに動物園のクマほどもありそうな巨体は、ぼんやりとした光につつまれていたという。

パニックになった親分たちがめちゃくちゃに鳴きわめくと、魔犬はそれをからかうように、さかさまのままその場でぐるぐるまわってみせた。その態度に腹をたて、カミナリ親分は魔犬にとびかかった。ところが親分のじまんのツメは、魔犬の体をすりぬけ、親分はいきおいあまって神社の壁に激突してしまった。

親分はいよいよおそろしくなって、屋根にぶらさがっている魔犬を見あげた。するとそのとたん、魔犬のすがたは、ふっ、ときえさってしまったらしい。最初からそこにはなにもいなかったみたいに、あとかたもなく。

それを見たカミナリ親分と四天王は、ころがるようにユウレイ神社からにげだしたのだという。

「魔犬の正体はいったいなんなのか、それはだれにもわからないのにゃん。ただもしかしたら、大昔にこの神社で悲しい死をとげた犬のたましいが……にゃにゃっ、シュンのうしろにあやしいかげが！」

おれはびくっとうしろをふりかえった。だけどそこにあるのは、ひびわれた神社の壁だけだ。

くそっ、やられた。シルクの怪談っぽいしゃべりかたがやたらうまいせいで、本気でおどろかされてしまった。

「ひっかかったひっかかったひっかかったにゃ――――ん！」

大よろこびしているシルクを、おれは怒ってつかまえようとした。けれどシルクはするりとおれの手をかわしてからかってくる。

「にゃっはっは、シルクちゃんの演技力におそれいったかにゃん。それにしても、シュンはこわがりすぎにゃん。そんなに魔犬がこわいのかにゃん？」

「こわいわけあるか！　そんなもん、そいつらの見まちがいにきまってるんだからよ。」

おれはぶすっとこたえた。その言葉を通訳したのか、シルクがカミナリ親分たちになにかつたえると、五ひきのネコがいっせいにおれの顔をにらんできた。

「な、なんだよ、おい……。」

ネコたちはおれのまわりをとりかこんで、ぐるぐるとゆっくりまわりだした。全員、おれのことをじっとにらんだまま。

カミナリ親分がするどいツメをちらつかせて、低い声でにゃうにゃういってくるので、おれはおそろしくなってシルクにたずねた。

「なんだ、こいつなんていってるんだよ。」

「おれたちの言葉をうたがうとは、いい度胸だな、小僧。おまえがシルクちゃんのおつきじゃなかったら、いまごろこのじまんのツメがだまっちゃいなかったぜ、っていってるのにゃん。」

「だれがおつきだ！　じゃなくて、なんとかしてくれよシルク！」

「にゅふふ、カミナリ親分とビリビリ四天王のみんなは、

けんかとなわばり争いが大好きな武闘派集団なのにゃん。だからシュンも、言葉づかいには気をつけたほうがいいのにゃん。」

たのしそうにおれをおどかしてから、シルクがとくいの投げキッスをしてみせると、親分たちはひとりのこらずメロメロになってたおれてしまう。こんなこわそうな連中でも、シルクの魅力には勝てないのか。

だけど、見まちがいをうたがうな、っていうほうがむりな話だ。だって、魔犬なんてほんとうにいるわけないんだから。いや、ほんとうにいるわけないよな？

ドイルもうたがっている声でいった。

「どう思う、ホームズ。見まちがいじゃないとしたら、親分たちが見た魔犬って……。」

「それはしらべてみないとわからないけど、なんにせよ、すばらしく興味をひかれるね。バスカビル家ならぬ、ユウレイ神社の魔犬のなぞというわけだ。」

ホームズがいったバスカビルってのは、たしかシャーロック・ホームズの物語で、魔犬が登場するやつだ。『バスカビル家の犬』とかそんな題名の。

「ホームズの名前をもつ探偵として、このなぞはとかずにはいられないな。魔犬の正体、ぼくたちがあばいてあげようじゃないか。パペット探偵団、調査開始だ！」

ホームズが宣言すると、そのせりふにあわせるように、レストレードがいきおいよくジャンプをしてみせた。気分はもうすっかりパペット探偵団の特別団員みたいだった。

⛩

ホームズはすぐに調査をはじめたがったけど、そのまえにユウレイ神社のすみごこちを確認しておくことにした。

「どうだいレストレード、ここなら快適にくらせそうかい？」

神社の縁の下からはいだしてきたレストレードに、ホームズがたずねると、レストレードは体をひねった豪快なジャンプでそれにこたえた。どうやらすみごこちはバツグンらしい。

たしかに、おいしげった木が太陽の光をさえぎってくれているおかげで、神社の境内はずいぶんすずしかった。縁の下は、ここよりもっとすずしいんだろう。だけどそのかわり、空はめちゃくちゃ晴れているのに、境内はぶきみに暗くて、夜でなくてもなにかでそうなふんいきだった。おれだったら、いくらすずしくても、こんなとこにすむのはごめんだ。

「親分たちは、この塀のそばで話していたそうにゃん。」

シルクがゆびさしたのは、神社の建物のわきの塀だった。建物と塀のあいだには、車がとおるくらいの幅があって、塀のむこうはたしか道路だったはずだ。

「となると、魔犬が目撃されたのは、あのあたりの屋根になるのかな。」

ホームズがそういって、塀の反対側の屋根を見あげた。

シルクがネコ語でたしかめると、建物のかげにかくれていたカミナリ親分が、こわごわ顔をだしてうなずいてみせた。武闘派ネコのくせにおくびょうなやつだ。おれだってがまんして調査してるのに。

神社の屋根までの高さは、おれの身長の倍くらいはある。犬がのぼれる高さじゃないし、おまけに魔犬(まけん)は屋根にさかさにぶらさがっていたという話だ。そんなことができるのは、動物園(どうぶつえん)のクモザルかナマケモノぐらいだろう。

「だいたい、ドラキュラでもないのに、なんでさかさまにあらわれるんだよ。シャーロック・ホームズの話にでてくる魔犬(まけん)も、べつにさかさまだったりしないんだろ？」

「うん、ほかの伝説(でんせつ)や怪談(かいだん)でも、さかさまにあらわれる魔犬なんていないんじゃないかな……。」

ドイルがふしぎがっていると、シルクがまた怪談ふうのしゃべりかたでいった。

「にゅふふふ。親分(おやぶん)たちが見たのは、きっとドラキュラのお仲間(なかま)の、世(よ)にもおそろしい吸血魔犬(きゅうけつまけん)だったのにゃん！」

「そんな魔犬がいるか！」

魔犬のうえに血(ち)をすうなんて、ますますこわいじゃないか！

そう考えていたら、シルクがいきなり「吸血(きゅうけつ)にゃ——ん！」とさけんでおれの首にくいついてきた。思わず悲鳴(ひめい)をあげてしまってから、しかえしにシルクの耳を引っぱっていると、ホームズがあきれたようにいった。

「遊んでないで、きみも確認してくれたまえ。まずないとは思うけど、屋根の梁に魔犬がぶらさがっていたしかめているんだ。それらしいツメあとや、不自然にほこりがとぎれた部分が見あたらないかな。」

おれは神社の屋根を見あげた。壁はいくらか日があたっているけど、光のとどかない屋根のうちがわはかなり暗い。そのままではよく見えないから、おれは神社の縁側に立つと、背のびをしてくらやみに目をこらした。

「そんなあやしいあとはなさそうだけどな……。」

おれがそうつぶやいてすぐに、どすんどすんと音がしはじめた。おどろいて音のするほうをむくと、レストレードがおれのとなりで、屋根にむかってジャンプをしていた。

「うわっ、ストップ！　レストレード、とぶのストップ！」

でかい体で思いきりジャンプをくりかえすもんだから、レストレードの足もとのゆかが、いやな音をたてはじめていた。ほうっておいたらゆかがぬけそうだ。

レストレードがとびはねるのをやめると、ホームズがきびしくいった。

「まったく、シュンのまねをして、調査をてつだっているつもりかもしれないけど、そんなことをしても、ぼくはきみを探偵団の仲間にむかえるつもりはないからね。わかったらおとなしくしていたまえ。」

レストレードはそれをきいてしょぼんとしてしまう。そのあとで、ホームズがドイルにたのんだ。

「念のため、においも確認してもらおうか。ドイル、バロンをよんでくれるかい。」

うん、とうなずいてバッグをさぐりかけてから、ドイルははっとした顔になった。

レストレードをなでるために、バロンをまたかってにひっこめたのを思いだしたんだろう。

おれが予想したとおり、バロンのきげんは最悪になっていた。気むずかしげにうでぐみをして、ドイルの顔を見ようともしない。

「あの、ごめんなさいバロン。さっきはついレストレードに夢中で……。」

「ふん、いいですかな姫。姫のなさったこととはいえ、ワガハイにもがまんの限度というものがありますぞ。いったい姫は、ワガハイとその毛玉と、どちらが大事なのか……ぬっ、なんですこのぶきみな場所は！」

バロンがぎょっとしたように境内を見まわした。

「ここはね、ユウレイ神社ってよばれている神社の境内。きのうの夜、この神社に魔犬があらわれたらしくて、いまはその正体をしらべてたところなの。」

「魔犬⁉　魔犬というとその、いわゆるユウレイのたぐいのあれですかな？」

「ユウレイかどうかはわからないけど、体がすけていてぼんやりひかっていて、そこの屋根にさかさまにぶらさがっていたって……。」

「あきらかにユウレイではありませんか！　失礼、ワガハイ急用を思いだしましたので……。」

バッグに帰ろうとするバロンの手を、おれはとっさにつかんだ。まて、バッグのなかにどんな急用があるっていうんだ。

「ええい、はなせ助手よ！　ワガハイはいそいでいるのだ！」

「なんだよおまえ、いつもえらそうにしてるのに、ユウレイがこわいのか？」

意外に思ってたずねたとたん、バロンがおれの手にかみついてきた。ぎゃっ、とさけんで手をひっこめると、バロンはものすごい剣幕でいった。

「なななになにを失敬な！　ワガハイは勇猛果敢とたたえられた、ストロガブリ家の貴族だぞ。そのワガハイが、魔犬なんぞというおそろしくぶきみでおそろしい存在をおそれるわけがないだろう。」

ようするにこわいらしかった。べつにそんなにあわてなくても、からかったりするつもりはないってのに。おれだって、魔犬がぜんぜんこわくないわけじゃないからな。

それからバロンは平気なふりで境内のにおいをたしかめだしたけど、びくびくしているのは完全にばればれだった。

「屋根や梁に犬のにおいはのこっていませんな。地面のにおいもたしかめましたが、すくなくともここ数日、この場所に犬が近づいたことはないようです。それでは姫、ワガハイはこれにて失礼。」

バロンはそそくさとバッグに帰ってしまった。

バロンがそういうなら、カミナリ親分たちが目撃したのが、本物の犬じゃなかったのは確実だろう。となると魔犬はほんとうにユウレイみたいなやつなのか、それとも……。

「やっぱあのネコたちの見まちがいなんじゃ……。」

とちゅうまでいいかけたところで、おれはカミナリ親分と四天王が、建物のかげからこっちをにらんでいるのに気がついた。シルクの通訳なしでも、ふんいきでいっていることがつたわってとりかこまれそうで、おれはあわてて口をとじた。

ドイルが自信なさげにたずねた。

「親分たちをおどかすために、だれかが神社の壁に、犬の映像をうつしてみせた、ってことはないかな。」

「たしかに、彼らが見た魔犬が、壁にうつしだされた映像だった、という可能性はある。魔犬の体がすけていたとか、まわりがぼんやり明るかったという証言もあったしね。だけどその場合、問題はどこから映像を投影したのか、という点だ。ほら、見てごらん。」

ホームズはそういって、魔犬がでたあたりと反対側の塀を見あげた。塀の上は、おいしげった枝と葉っぱが屋根みたいにおおいかぶさっていて、外の景色はぜんぜん見えない。たしかにこれじゃあ、外から神社の壁に映像をうつすのはむりそうだ。

「境内でうつしてたら、さすがに親分たちにわかっちゃうよね。」

「そうだね。あらかじめ境内に小型の投影装置を設置しておいて、外からリモコンで操作する、といった方法もあるにはあるけど、そもそもネコをおどかすためだけに、そんな手のこんだことをするとは思えないな。」

それからまたホームズは、境内を注意ぶかく観察すると、塀のほうをゆびさしていった。

「そこの塀、ずいぶんふかくえぐれてるね。」

ホームズが見つめていたのは、親分たちが話をしていたという場所の、すぐそばの塀だった。

塀はどこもぼろぼろだけど、ホームズがいうとおり、そこのぼろぼろぐあいは特にひどい。でっかい鉄球でも投げつけたんじゃないか、というようなえぐれかたをしていて、ほんのちょっとだけむこうがわまで貫通していた。穴がすごく小さいから、むこうの景色はぜんぜん見えないけど。

おれは壁の穴をのぞきこんでいった。

「この小さな穴から、なにかの機械で魔犬の映像を壁にうつしたんじゃないよな。」

「それはないだろうけど、もしかすると……。」

ホームズがこたえかけたそのとき、レストレードがおれたちのあいだにわりこんできた。レストレードはまた調査のまねをしているつもりなのか、壁のくぼみに頭をつっこんで、なかのにおいをかぎはじめる。

「なっ、なにをするんだい！　現場をあらさないでくれたまえ！」

ホームズがそうわめくので、おれはいそいでレストレードの胴をつかんで、壁から引きはなそうとした。するとレストレードが抵抗して、おれのすねをけってくる。

いたいいたい、そのでかい足でけられると、本気でいたいっての！

どうにか塀に頭をつっこむのをやめさせると、ホームズがまたきつい調子でレストレードをしかった。

「いちいちよけいな手間をかけさせないでくれたまえ。おとなしくしているようにと、さっきいったばかりじゃないか。いいかい、ぼくらはこれから神社の外をしらべにいくけど、こんどこそここでじっとしてるんだよ。」

ホームズはドイルの手をひいて神社をでていった。レストレードは怒られてしゅんとしているけど、こりずにまたすぐ追いかけてきそうだ。

「おまえ、もうおとなしくしてろよ。またよけいなことをすると、ホームズにもっときらわれちまうぞ。」

レストレードにそう忠告してから、おれはドイルとホームズのあとを追った。

ユウレイ神社をでるとすぐ、おれはまわりにだれもいないことをたしかめた。ホームズは調査に夢中になると、うごいたりしゃべったりしているところを見られてはいけない、ということをわすれやすいので、おれがしっかり注意をはらっていないとまずいのだ。ドイルのやつも意外とうっかりしてるところがあるしな。

ホームズは、さっきみつけた塀の穴のうらがわを熱心に見つめていた。こっち側は特に塀がえぐれたりはしていなくて、はしでつっついたような穴が、ぽつんとあいているだけだ。

道をはさんで反対側には、クリーム色の壁の家が建っていた。おどろおどろしい神社とは正反対の、明るくておしゃれな家だ。

ドイルがその家をながめていった。

「最近できたばっかりの家みたいだね。」

「こんな気味のわるい神社のすぐそばに家を建てるなんて、度胸あるよな。」

それからホームズがシルクをよんで、カミナリ親分にこの家のことをたしかめさせた。親分の話だと、この家にあかりがつきはじめたのは、ほんの何日かまえからのことだという。

その話をきいたあとで、ホームズは真新しい壁にとりつけられていたライトに注目した。

「赤外線感知のライトのようだね。道をとおる人間をセンサーで感知して、自動であかりがつくようになっているんだ。」

ライトのそばの壁には、センサーらしい黒い小箱もくっついている。いまは昼間で電源がはいっていないのか、小箱の前で手をふってみても、ライトがつくことはなかった。

そこでずんぐりした体型の四天王が、シルクになにかうったえた。

「そのライト、とってもまぶしくてめいわくらしいのにゃん。おとといの夜、この疾風のマルさんが塀の上を歩いてたら、いきなりピカッとライトがついて、びっくりしたマルさんは塀からおっこちちゃったそうにゃん。」

シルクが通訳してくれた。たぶん、まだ家が建ったばかりだから、ライトも新品で明るいんだろう。

ホームズは壁のライトと神社の塀を順番にながめて、ふむ、とうなずいた。それを見たドイルがホームズにたずねる。

「ホームズ、なにかわかったのね。」

「うん、まだ確認すべきことはあるけど、魔犬の正体はおよそ見当が……。」

そのとき、キィキィと悲鳴っぽい鳴き声がきこえてきた。まさかまたあいつか、と思いながらふりかえると、おれたちがながめていた家の門のところに、レストレードのもさもさしたしりが見えた。門をくぐりぬけようとしているとちゅうで、腹がつかえてうごけなくなったらしい。

「レストレード!」

ホームズの声はめちゃくちゃいらいらしていた。ホームズの怒りが爆発するまえに、おれはレストレードのところへとんでいった。

門にはさまったでかい体をずるずる引きずりだすと、レストレードはなにかいいたげな目でおれを見あげてきた。いや、わかってるって。おれたちがこの家をしらべてるっぽかったから、なかにしのびこんで調査に協力しようとしたんだろ?

ホームズもそれはわかっているんだろうけど、ぜんぜんいうことをきかないレストレードに、堪忍袋の緒がきれたみたいだった。

「いいかげんにしたまえ! きみがしている

のは調査のてつだいじゃなくて、ただのじゃまなんだ。いったいなんどぼくのじゃまをすれば気がすむんだい。こんどまたよけいなことをしたら、そのときはもうきみのことなんか知らないからね！」

ホームズが腹をたてるのもわかるけど、それにしてもきつい怒りかただった。レストレードはかなりショックだったみたいで、ホームズにむかって、キィ、と悲しそうに鳴いてみせた。けれどホームズはそっぽをむいて相手をしない。

いくら鳴いてもホームズが無視をつづけていると、レストレードはおれたちに背をむけて、とぼとぼと神社に帰っていった。そのすがたが見えなくなったあとで、ドイルがホームズをせめた。

「ホームズ、あんなに怒ることないでしょう。いくらなんでも冷たすぎるよ。レストレードはホームズのことが好きで、ホームズの力になりたいって思ってるだけなんだから。」

「だけど、かりにそうだとしても、彼は事実、調査のじゃまをして……。」

ホームズはいいかえそうとしたけど、ドイルにきびしい表情で見つめられてうつむいた。ドイルがそんなふうにホームズを怒ることがあるなんて知らなくて、おれはおどろいてしまった。

レストレードが帰っていったほうをふりむいて、ホームズがためいきをついた。

「……わかったよ。ぼくも少々いいすぎたかもしれない。魔犬の正体をあばいたら、レストレードにもちゃんとあやまることにしよう。それでいいだろう、ドイル。」

ホームズはドイルの顔を見あげると、つづけてシルクにたずねた。

「シルク、ひとつ確認しておきたいんだけど、カミナリ親分たちはいつも、夜のあいだはずっと神社の境内にいるのかい？」

「にゃんにゃん、親分たちはそんなにひまじゃないのにゃん。毎晩なわばりの見まわりをしなくちゃいけないから、神社に帰ってくるのは真夜中になってからだそうにゃん。」

「なるほど、だったら不自然でもないね。それじゃあシルク、バロンにもたしかめてもらいたいことがあるから、また彼と交代してくれるかな。」

「にゃっふう、了解にゃん！」

シルクがバッグにひっこんで、いれかわりでバロンがまた顔を見せた。バロンはきょろきょろとあたりを見まわして、おおげさに胸をなでおろしてから、いつものきどった声でいった。

「なんだ探偵、またしても高貴なるワガハイの助力が必要になったのか？」

「うん。バロンには、ゆうべこの道をとおった犬のにおいをたしかめてほしいんだ。」

「ふうむ、それならいくつか足あとのにおいがのこっているようだが……。」

「その塀に、ごく小さな穴があいているだろう。その穴の前あたりで、うろうろしている足あとがないかな。」

バロンが道に鼻を近づけて、「たしかに、そのような足あとがあるな」とこたえた。

ホームズはそれをきいてまんぞくそうにうなずく。

「ありがとう、バロン。ぼくらはまた境内に移動するから、きみはバッグのなかにもどってくれてかまわないよ。」

「な、なにをいう。ワガハイはべつに、魔犬のあらわれた神社がこわいわけではないぞ。だんじてそのようなことはない。」

なんていせいよくいいながら、バロンはもうバッグに帰りかけている。

おれはホームズに問いかけた。

「どういうことなんだよ。ここでうろついてた犬ってのが、魔犬となにか関係があるのか？」

「そうあせらなくても、ちゃんと説明してあげるよ。けどそのまえに、シュンにはなぞときに必要な実験道具を用意してもらいたいんだ。たのめるかな。」

めずらしくふつうの探偵助手らしい仕事だった。なにをもってくればいいんだ、とおれがはりきってたずねると、ホームズはすました声でこたえた。

「ダンボール箱をひとつ。どこかに穴があいていたりしない、きれいなものをたのむよ。」

「ダンボール箱ぉ？」

そんなものをつかって、なんの実験をするつもりなんだ。気になったけど、こういうときのホームズは、たずねてもすなおにおしえてくれたりはしない。

ホームズにせかされて、おれは首をかしげながら、ダンボール箱をさがしにでかけた。

⛩

神社にもどると、レストレードは縁の下にもぐりこんでいじけていた。縁の下をのぞくと、わたまんじゅうみたいなうしろすがたが見えるけど、ホームズがいくらよびかけても、こっちをむこうとはしない。

あんまり反応がないので、ドイルが不安そうにいった。

「もしかして、また暑さでたおれてるんじゃ……。」

「いや、息づかいは正常だから、おそらくその心配はないよ。だけど、ぼくはだいぶ彼のことをきずつけてしまったようだね。」

ホームズの声はしずんでいた。反省してくれるのはいいけど、こいつがそんな声をしていると、なんだか調子がくるってしまう。

ホームズをはげますかわりに、おれはなぞときをせかすことにした。

「なあ、それで結局、魔犬の正体っていったいなんなんだ？」

「そうだね。せっかくシュンが実験に必要なダンボール箱をみつけてきてくれたんだ。そろそろ説明してあげないとね。」

ホームズはシルクをよぶと、カミナリ親分にたのんで、ダンボール箱に穴をあけさせた。シルクにおねがいされた親分は、じまんのツメをかっこよくふるって、きれいにダンボールを切りぬいてくれた。箱のふちだけのこしたでっかい穴をひとつと、またべつの面にも、のぞき穴みたいな小さいのをひとつ。

「最初から穴をあけるつもりなら、わざわざきれいなやつをさがしてくる意味なかったじゃないかよ。」

「よけいな場所に穴があってはこまるのさ。それじゃあ、ぼくとドイルは塀のむこうに移動するから、合図をしたら、そのダンボール箱を塀にくっつける

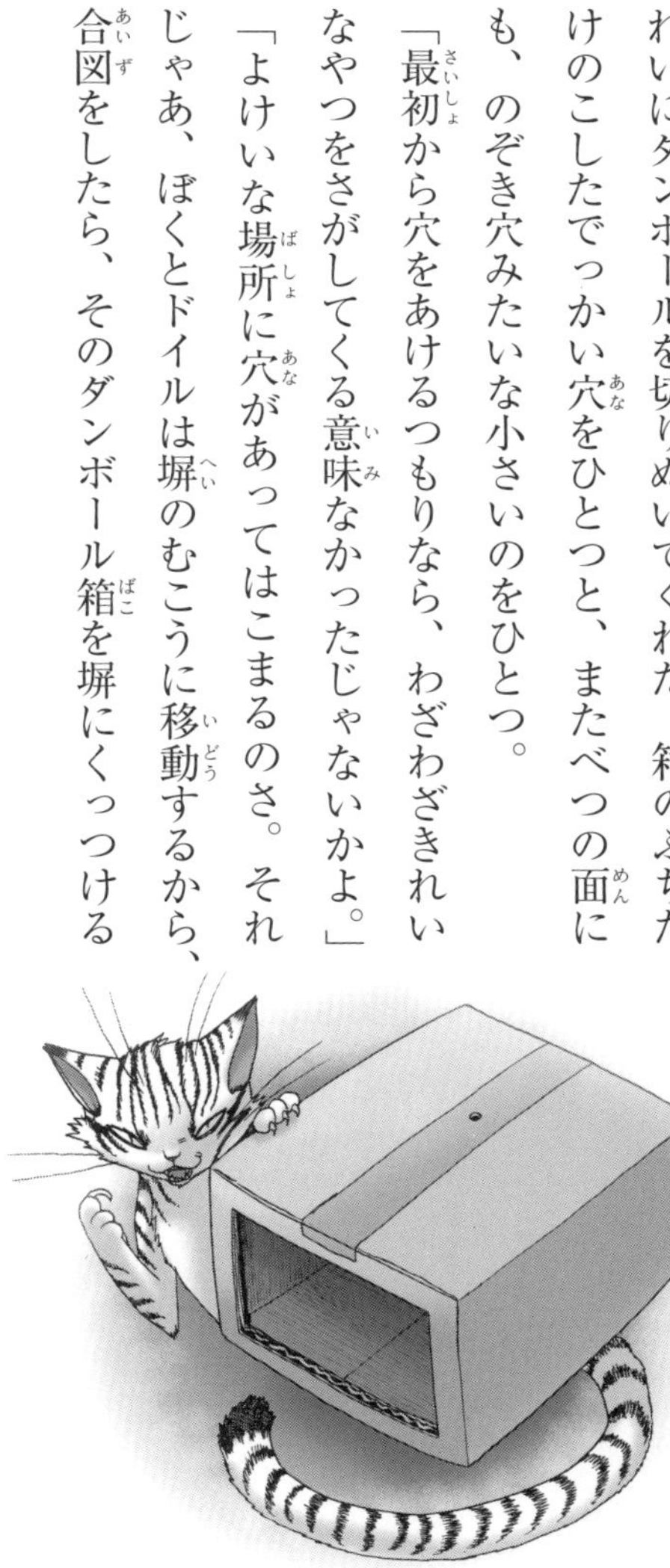

んだ。大きな穴をあけた面で、塀のえぐれた部分をふさぐようにね。」

　それだけ指示すると、ホームズはドイルをつれて境内をでていった。ホームズに右手をひかれながら、ドイルもダンボール箱を見てふしぎそうな顔をしていた。

　ほんとうに、この穴のあいた箱でなにがわかるっていうんだろう。おれが首をかしげていると、塀のむこうでホームズの声がした。

「準備はできたよ。箱を塀にくっつけて、のぞき穴からなかをのぞいてみたまえ。」

　おれはいわれたとおりに箱のなかをのぞいて、それから「えっ？」と声をあげてしまった。まっくらなはずのダンボール箱のなかに、ぼんやりとまるい映像がうつっていたのだ。

　びっくりしてのぞき穴から顔をはなしてしまってから、おれはまたダンボール箱をのぞきこんだ。やっぱり、見まちがいなんかじゃない。塀とは反対の面に、たしかになにかうつっている。

　映像はだいぶぼやけていたけど、うつっているのがドイルと、塀のむこうにあったクリーム色の壁の家だということはわかった。しかも映像はなぜか上下さかさま

だ。いや、ドイルの右手にいたはずのホームズが左にいるから、左右も逆か。

箱のなかをもっとよく観察すると、塀にあいた小さな穴から、箱のなかに光がさしこんでいるのがわかった。その光が箱のおくにあたって、塀のむこう側の景色をうつしだしているみたいだった。

「ど、どうなってんだ、これ……。」

おれは箱を塀からはなして、塀の穴をたしかめた。おれが見てないうちに、ホームズがなにか細工をしたのかと思ったけど、穴は最初に見たときとなにもかわっていなかった。ダンボール箱のほうもおなじだ。べつになんのしかけもない。

「和藤くん、わたしにも見せて。」

ドイルが境内にもどってきた。それから箱のなかをのぞいたドイルは、おれとそっくりいっしょの反応で、のぞき穴から顔をはなした。ドイルにつづいて、シルクに話をきいたカミナリ親分たちも、順番にダンボール箱をのぞきはじめた。

おれとドイルとネコたちが、全員おなじ表情でホームズの顔を見つめると、ホームズはまんぞくそうにいった。

「きみたちは、ピンホールカメラというものを知っているかい？」

「なんだよいきなり。そのなんとかカメラが、いまの実験と関係あるのか？」

「そう。ピンホールカメラは、五百年ほどまえに発明された、現在のカメラのご先祖さまだ。ピンホールは針穴という意味でね。いまの実験では、塀の穴とダンボール箱をつかって、そのピンホールカメラのしくみを再現してみせたんだよ。」

ホームズがすらすらと説明をはじめた。

「ピンホールカメラのしくみは、とてもかんたんなんだ。まず、光がはいらないようにした箱に、針などでごく小さな穴をあける。するとその穴をとおして、まっくらな箱のなかにさしこんだ光が、穴と反対側の面に、外の景色をさかさにうつしだすんだ。ピンホールカメラは、その景色がうつる面に、特殊な紙や金属板をセットして、写真をとっていたんだよ。」

　もっとも、写真を撮影する技術が発明されたのは、二百年ほどまえのことで、それまではうつしだした映像を手でなぞって模写していたそうだけどね、とホームズはつけくわえた。

「いや、ちょっとまてよ。どうして光がとおっただけで、映像がうつったりするんだ。ふつうのカメラみたいに、レンズとかついていないのに。それに、なんでさかさまにうつるんだよ。」

「レンズの役割は、光をあつめることなんだ。だけどピンホールカメラの場合、針穴をとおるときに、自然と光が一点にあつまるから、レンズをつかう必要がないんだよ。レンズをつかった場合とくらべると、うつる映像はぼやけてしまうんだけどね。それから、なぜさかさまにうつるのかは、図をかいて説明したほうがわかりやすいかな。」

　ホームズはドイルのバッグからだした四色ボールペンで、ダンボールに図をかきだした。両手でもったボールペンをがんばってふるって、でかい四角形をかいていくけど、線がぐにゃぐにゃしていてだいぶ雑だ。

「おまえ、絵へただな。」

「う、うるさいな。バロンがじょうずなのがおかしいんだよ。とにかく、いいかい、この四角形がピンホールカメラの箱で、右側にあるすきまが針穴だ。そして重要なポイントとして、光というのは、まっすぐにすすむ性質をもっている。そのことをふまえて、シュン、この位置の電球の光は、カメラのなかのどこにうつると思う？」

　ホームズは図の針穴の右ななめ上に、赤い点を書きたしてたずねてきた。おれはその赤い点から、針穴のほうに指をなぞってこたえる。

「そりゃあ、光がまっすぐすすむなら、ななめに針穴をとおって、下のほうにうつるんだろ？」

「そのとおり。それじゃあこんなふうに、いろいろな色の光がたくさんならんでいたら、箱のなかにうつる光のならびかたは、もとのものとくらべてどうなるだ

ろう。」

ホームズは最初にかいた赤い点の上下に、ボールペンの色をかえながら、いくつもの点をかきたしていった。この新しい点も最初のとおなじように、上のほうにあるやつは箱の下のほうに、下にあるやつは上のほうにうつるわけだから……。

「もとのならびかたとは、さかさまになる……な。けどこれは電球の話だろ。おれがさっき見たドイルや家は、電球みたいにひかってないんだぜ。」

おれはそういいかえした。するとドイルが、「あっ」とつぶやいておれにいった。

「あのね、まえに本で読んだことがあるの。

たしか、人間や建物は自分で光をだしてはいないけど、まわりからうけた光を反射してるんだって。それで、わたしたちはいつも、その反射した光で、ものや景色の色や形を認識してるんだって、書いてあったような気が……。」

「ドイルのいうとおり。だから人間や建物の場合も、電球のときとおきていることはいっしょなんだ。たとえば箱の前にいる人間の、鼻の頭を反射した光は箱の下側に、つまさきで反射した光は箱の上側に、というふうに、反射した光の点が無数にあつまって、箱のおくにさかさまの人間の像をうつしだすのさ。」

ホームズがダンボール箱にへたくそな人間の絵をかきくわえて説明した。それを見たドイルは、なるほど、とうなずいている。おれはまだ、わかったようなわからないような、という気分だったけど、とりあえずそういうふしぎなことがおきる、となっとくしておくことにした。

「よけいな説明が長くなってしまったけど、もうわかったんじゃないかな。ユウレイ神社にあらわれた魔犬の正体、それは塀のむこうにいた犬のすがたが、塀の穴をとおして神社の壁にうつしだされたものだったんだ。」

とつぜん話が事件のことにもどって、おれはあせってしまった。おれが塀にあいた穴と、そのむかいにある壁をかわるがわる見つめていると、ホームズが話をつづけた。

「親分の話によれば、きのうの夜の境内はまっくらだった。塀の上においしげった枝葉がじゃまをして、通りの電灯の光も入ってこないんだね。つまり、魔犬があらわれた境内は、まさにピンホールカメラの箱のなかとおなじ状態だったんだ。」

「そっか、べつに箱のなかじゃなくても、まっくらな場所なら映像はうつるのね。」

ドイルがいうと、ホームズは「そう、まっくらで、しかも針穴以外からは光が入らない状態ならね」とうなずいた。その説明をきいたおれは、まっくらな神社の壁に、さっきの実験で見えたような、ぼんやりした映像がうつっているところを思いうかべた。

「そして塀の穴のむこうには、センサーであかりがつくまぶしいライトがあった。ふつう、そういうライトは人間にしか反応しないものだけど、おそらく誤作動だったんだろう。たまたまとおりかかった犬に反応してライトがつき、その光が塀の穴からさしこんで、むかいの神社の壁に、魔犬のすがたをさかさにうつしだしたんだ。ついでにいえば、親分たちの見た犬がクマのように大きかったのは、塀の穴から壁までの距離が遠かったからだね。」

穴からの距離が遠いと、うつしだされる映像が大きくなるのは、なんとなくおれにもわかる。それともしかすると、その犬が塀の前でしばらくうろついていたのは、とつぜんついたライトにおどろいて、おろおろしていたせいかもしれない。

「たぶん、魔犬が目撃されるまえにも、神社の壁に塀のむこうの景色がうつしだされたことはあったんだろうね。ただ、親分た

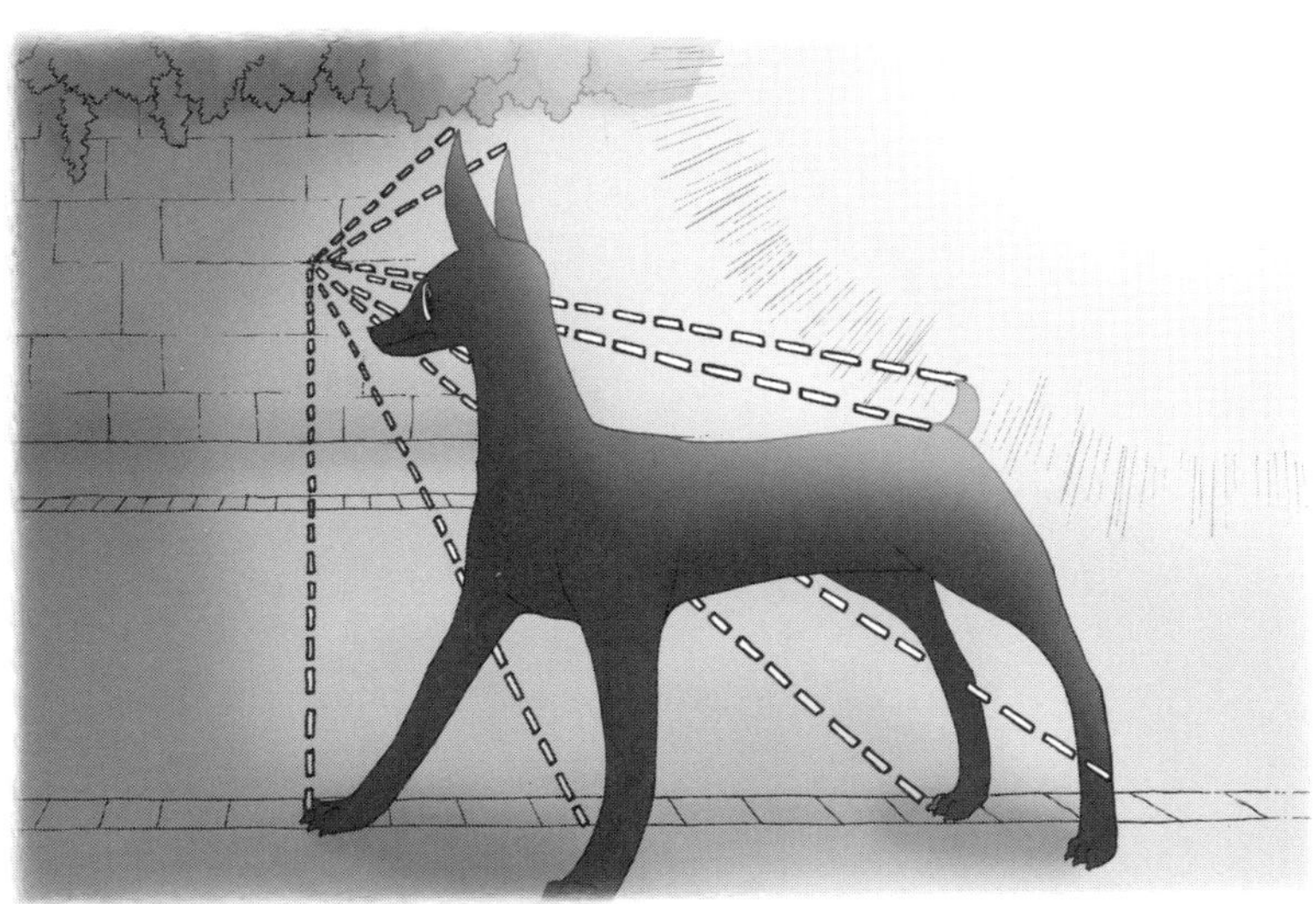

ちが帰るのがいつも真夜中だから、もう道をとおる人もいなくて、そのせいで壁に映像がうつるのを見る機会がなかったというわけさ。」

　ホームズがそこまで説明すると、ドイルがふしぎそうにいった。

「でも、塀のすぐむこうに犬がいたのに、親分たちはだれもそのにおいに気づかなかったのかな。犬ほどじゃないけど、ネコだって鼻はいいはずでしょう？」

「ふつうなら気がついたかもしれないけど、そのときはそうとうなパニックをおこしていたようだからね。においに気づくどころじゃなかったんじゃないかな。」

ホームズはおかしそうにこたえてから、あいかわらず建物のかげにかくれているカミナリ親分たちにむかっていった。

「これがきみたちの見た魔犬の正体さ。どうだい親分、もうこわくないだろう。」

シルクがホームズの言葉を翻訳してつたえた。するとカミナリ親分と四天王は、全員そろってほっとためいきをつくようなしぐさをしてから、すぐにきりっとした顔になってにゃあにゃあいった。

「にゃはは、おれたちは泣く子もだまる武闘派集団だ。魔犬なんて最初からこわがっちゃいないぜ、っていってるのにゃん。」

「どこかの貴族さまもそんなことをいいそうだね。それじゃあせっかくだから、その貴族さまにてつだってもらって、魔犬の顔を見にいくことにしようか。ぼくの推理が正しかったことを証明しがてらね。」

それからまたバロンをよんで、塀の前にのこっていた犬のにおいを追いかけてもらった。その道のとちゅうで、魔犬の正体を説明すると、バロンはふん、と鼻でわらった。

「どうせそのようなことだと思っていたのだ。ワガハイは最初から、魔犬などまったく信じていなかったからな。」

それをきいたおれとドイルとホームズは、いっせいにバロンの顔を見つめた。

「ぬっ、なんです姫まで。ワガハイの高貴な顔になにかついていますかな？」

「な、なんでもないよ。うん、なんでも……。」

足あとのにおいは、ユウレイ神社からしばらく歩いたところにあった、大きな家につづいていた。その家の庭で、ドーベルマンみたいなこわそうな黒犬が昼寝をしていた。

うしろにぞろぞろついてきていた武闘派ネコ集団が、黒犬のすがたを見たとたんに、庭の柵にとびついてさわぎだした。シルクの通訳がなくてもわかる。親分たちが見た魔犬は、あの黒犬でまちがいなさそうだった。よくもおどかしてくれやがったな、とか、そんなふうにもんくをいっているんだろう。

「てっきりノラ犬かと思っていたけど、そうじゃなかったんだね。真夜中に散歩をさせていたとは考えにくいから、かってに庭をぬけだして、街をうろついていたのかな。だけどまあ、ともかくこれで事件解決だ。」

ホームズがほこらしげに宣言すると、すかさずドイルがつづけた。

「うん、あとは神社にもどって、レストレードにあやまるだけだね。」

「うっ、わかっているさ。だけど、どうすればきげんをなおしてくれるか……。」

「おまえがシルクみたいに投げキッスをしたら、レストレードもメロメロになってゆるしてくれるんじゃないか？」

「ぼ、ぼくが投げキッスだって⁉　なにをバカなことをいっているんだい！」

そのとき、黒犬のはげしい鳴き声がきこえてきた。それと同時に、カミナリ親分と四天王が庭からとびだしてくる。調子にのってちょっかいをだしているうちに、黒犬を激怒させてしまったらしい。

しかも、とびだしてきたのは親分たちだけじゃなかった。黒犬もかるがると柵をとびこえて、親分たちを追いかけてきた。

「なっ、そんなかんたんにとびこえられるのかよその柵！」

柵の意味ぜんぜんないじゃないか！　心のなかでつっこみながら、おれはこっちにむかってうなり声をあげている黒犬を見つめた。ネコどもがおれたちのうしろにかくれているせいで、おれたちも仲間だと思われてしまっているみたいだ。

黒犬はいまにもおそいかかってきそうなふんいきだった。おれは「おい、にげるぞ」とドイルに声をかけると、うしろをむいて走りだした。けれどすぐに、ドイルがついてきていないことに気づく。

急ブレーキをかけてふりかえると、ドイルは黒犬のまえにへなへなとすわりこんでいた。こわすぎて立っていられなくなっちゃったのか⁉

ドイルの両手で、ホームズとバロンがさけんでいた。

「ドイル、はやくにげるんだ！」

「ええい、この無礼な野蛮犬め！　ワガハイの愛する姫に手をだしたら、ただではすまさんぞ！」

バロンのいさましいせりふにはりあうように、黒犬が凶悪な声でほえた。おれはいそいで引きかえして、ドイルをたすけようとした。

そのとき、おれのとなりを、白いかげが猛スピードでかけぬけた。

レストレードだった。レストレードはまっすぐ黒犬にむかっていって、強烈なタックルをくらわせた。

黒犬の体が、いきおいよくふっとんで道路にころがる。それからよろよろとおきあがった黒犬は、なにがなんだかわけがわからないという顔をしていた。

レストレードは黒犬の前に立ちはだかると、とてもウサギとは思えない鳴き声をあげた。ぶおう、ぶおうと、まるで怪獣のおたけびみたいだ。

その鳴き声とタックルの威力におそれをなしたのか、黒犬は大あわてで柵をとびこえて、庭へにげていってしまった。

「たすかった……。」

おれは胸をなでおろした。ドイルもほっとため息をついていた。

それにしても、あんな凶暴そうな犬にも勝っちまうなんて、ほんとうにとんでもないウサギだ。おれが礼をいうのもわすれて、レストレードのうしろすがたを見つめていると、ホームズがしずかによびかけた。

「……レストレード。」

レストレードはおれたちに背をむけたまま、びくっと体をふるわせた。境内でじっとしていろ、というホームズのいいつけをまもらなかったから、また怒られると思ったのかもしれない。

そんなレストレードに、ホームズはすまなそうにつづけた。

「もしかしてきみは、またぼくらの手だすけをするつもりで、こっそりあとをついてきていたのかい。ぼくはあんなに冷たいことをいったのに……。」

レストレードがようやくこっちをふりむいた。不安げなひとみで見あげるレストレードを、ホームズはそっと手まねきする。そしてレストレードがおそるおそる近づいてくると、ホームズはその頭をやさしくなでていった。

「さっきはぼくがいいすぎたよ。すまなかったね、レストレード。そして、ぼくらをたすけてくれてありがとう。だけどあんなあぶないこと、もうしないでくれたまえよ。」

レストレードはうれしそうに鳴いて、ホームズに頭をこすりつけた。ホームズは

あいかわらずめいわくそうだったけど、いやがったり怒ったりはしなかった。

「ねえ、ホームズ……。」

ドイルがホームズに話しかけた。ホームズはその顔を見あげてから、つづけておれのほうを見た。

ドイルがなにをいいたいのかは、おれにもなんとなくわかった。だからおれもホームズに、笑顔でうなずいてみせた。

するとホームズはまたレストレードのほうをむいて、観念したようにいった。

「わかったよ。レストレードは本気でぼくらの仲間になりたがっているようだからね。飼い主がみつかるまで、きみをパペット探偵団の特別団員としてみとめることにしよう。」

そのとたん、レストレードのたれ耳が、ぴん、と真上をさした。そしてぷぅぷぅ鳴きながら、大ジャンプをくりかえしてホームズのまわりをはねまわる。そのすごいよろこびようを見ていたら、なんだかおれまでうれしくなってしまった。

ホームズがレストレードをなだめていった。

「おっと、よろこぶのはまだ早いよ。ぼくらの探偵団の一員となったからには、きみにはりっぱな探偵ウサギとして、活躍してもらわないとこまるからね。きみが神社でくらすしたくができたら、さっそく探偵ウサギになるための特訓をはじめよう。」

ぼくの特訓はきびしいからね、覚悟したまえよ、とホームズが告げる。レストレードは、のぞむところだ、とでもいうようにしっかりうなずくと、いきなり神社のほうにむかってかけだした。早くもどって特訓がしたいらしい。

「あっ、まちたまえレストレード！」

「ちょ、ちょっとホームズ、わたしまだ足が……。」

ホームズにむりやり引っぱられて、ドイルがよたよたと走りだした。カミナリ親分とビリビリ四天王もなぜかそのあとにつづき、おれも「まてよ！」と声をあげて、パペット探偵団の新しい仲間を追いかけた。

第三話

パペット探偵団の大追跡！

レストレードがユウレイ神社にすみはじめてから、今日でもう三日目。だれかにみつかったりしないかとか、かってにどこかにいったりしないかとか、いろいろ心配はあったけど、いまのところレストレードは、ホームズのいいつけをまもって、境内でひっそりとくらしている。

「うん、わるくないね。みつかりそうになっても、すばやくかくれることができたじゃないか。これなら尾行の特訓は合格点をあげてもいいかな。」

ホームズの言葉に、レストレードが地面にほった穴から顔をだして、ぴょんぴょんとよろこびのジャンプをくりかえした。ホームズは本気でこいつを探偵ウサギにするつもりらしくて、探偵の心得やら尾行のしかたやらを、熱心におしえこんでいた。助手のおれは、そんなのおしえてもらってないのに。

「だけど、いくら穴ほりがとくいとはいっても、穴をほってかくれてばかりではダメだよ。穴のほれない、かたい道で尾行をすることもあるんだからね。」

ホームズがつけくわえると、レストレードは姿勢を正してうなずいた。

「それじゃあ、今日はまた新しい特訓をはじめよう。おっと、そのまえにシュン、レストレードのほった穴をうめておいてくれるかな。」

「なんでおれにやらせるんだよ。そいつに自分でうめさせればいいだろ。」

「レストレードは、穴をほるのはとくいでも、うめるのは苦手なんだよ。それに、きみは自由研究でさんざんレストレードの世話になったんだから、そのくらいしてくれてもいいだろう。」

それをいわれるともんくはいえない。おれの宿題の自由研究は、レストレードの観察にしたのだ。巨大ウサギの観察記録。正確に理解できてるわけじゃないみたいだけど、ホームズの通訳でレストレードにこっちのききたいことがなんとなくつたわるから、しぐさの意味とか好物とか、しらべるのがすごく楽だった。

しかたなく穴をうめていると、カミナリ親分とビリビリ四天王が、見まわりの休憩で帰ってきた。親分たちはレストレードのよこに整列すると、にゃおうっ、といせいよく鳴いてみせる。レストレードもそのあいさつに、ぶぅ、と重々しい鳴き声をかえした。

シルクの話では、カミナリ親分たちはレストレードを、親分よりえらい大親分にすることにきめたそうだ。黒犬をやっつけたレストレードの強さと勇ましさに、心底感動したらしい。

レストレード大親分のために、カミナリ親分たちは、知らないネコが失礼なことをしないか注意をはらったり、どこからか食べものをもってきたりしてくれている。

食料はおれたちもウサギ用の草とペレットを買ってきているけど、レストレードはとにかくよく食べるから、親分たちのおかげでかなりたすかっていた。

親分たちが縁の下に涼みにいったあとで、ホームズが新しい特訓の説明をはじめた。

「さて、つぎの特訓では、きみの弱点を克服することにしよう。きみの弱点、つまり人間の言葉が話せないことだ。こうしてすがたが見えていれば、きみのしぐさでいいたいことはだいたいわかるけど、そうでないときに言葉のやりとりができないのは不便だからね。」

「おい、まさかこいつに日本語をしゃべらせようってのか？」

おれが口をはさむと、ホームズは「まさか」と首をよこにふった。

「いくらレストレードが頭がいいといっても、それはさすがにむりな話さ。だからそのかわりに、レストレードにはモールス信号をつかった、かんたんなメッセージのやりとりをおぼえてもらおうと思ってね。」

「モールス信号？」

どこかできいた言葉だな、と思っていたら、ドイルがおしえてくれた。

「モールス信号は、短い音と長い音のくみあわせで、ひらがなや英語のアルファベットをあらわして、メッセージをおくる通信方法なの。音のかわりに光をつかうこともあって、昔は海で船どうしが連絡をとりあうときにもつかってたんだって。」

「そう、たとえば有名なＳＯＳだったら、モールス信号ではこういうふうになる。」

ホームズが小さな手で神社の壁をたたいた。トトト、とすばやく三回、つづけてトントントン、とゆっくり三回、最後にまたトトト、と三回。

「わかるかい？　短い音を三回がＳ、長い音を三回がＯをあらわしていて、くみあわせてＳＯＳというわけさ。レストレード、ぼくのあとにつづいてやってごらん。」

ホームズがもう一度お手本を見せると、レストレードがまねをして地面を足でたたいた。レストレードのでかい足でたたくと、けっこう大きな音がひびく。耳のいいホームズなら、だいぶ遠くにいても、レストレードのメッセージに気づくことができそうだ。これはたしかに、レストレードにぴったりの通信方法かもしれない。

「ああ、ちがうちがう。それではたたきすぎだよ。たたくのは三回だけでいいんだ。」

ホームズに注意されて、レストレードがまた足を鳴らす。だけどこんどは、ダダダ、ダンダン、ダダダと、まんなかがすくなくなりすぎた。ウサギにモールス信号はやっぱりむずかしいらしい。いや、あたりまえなんだけど。

なかなか正しいたたきかたができなくて、しょんぼりしているレストレードを、ホームズがなぐさめた。

「おちこむことはないよ。きみの名前のもとになったレストレード警部も、最初に登場したときは、たよりない刑事だったのが、だんだんとうでをあげていったんだ。だからきみも彼のように、探偵ウサギとして、あせらずにすこしずつ成長していけばいいのさ。」

そのやさしい言葉に感激して、レストレードがホームズの顔に頭をこすりつけた。ホームズはくすぐったそうにしながら、レストレードの頭をなでる。

「おいおい、やめたまえよ。また毛だらけになってしまうじゃないか。」

めいわくそうにいっているけど、ホームズの声はにこにこしている。そんなホームズとレストレードをながめて、ドイルがうらやましそうにつぶやいた。

「なんかずるいなあ。レストレード、ホームズにばっかりなつくんだもん。」

「姫、なにをおっしゃるのです。そのような毛むくじゃらのでかぶつに好かれなくとも、姫にはワガハイがいるではないですか。この高貴かつ愛らしいワガハイが！」

バロンがここぞとばかりに主張する。

だけど、ホームズのやつ、ほんとうにレストレードとなかよくなったよな、とおれは思った。最初のころ、あんなにうっとうしがってたのがうそみたいだ。

「さあ、特訓をつづけるよ。いきなりＳＯＳはむずかしかったようだから、もっと短くてかんたんなものからおぼえることにしよう。」

ホームズのたのしそうな声に、レストレードもやる気にあふれたジャンプでこたえた。


レストレードの特訓は、それからも順調につづいていった。けれどかんじんの飼い主さがしのほうは、ちっとも順調にすすんでいなかった。

「いやあ、うちの店では、こんな大きなウサギを売ったことはないねえ。」

ペットショップの店長さんが、レストレードの写真を見ていった。それをきいたおれは、またか、とためいきをつきそうになりながら、店長さんにお礼をいって店をでた。

レストレードが売られていた店がわかれば、飼い主をみつける手がかりになるかもしれない。ということで、ドイルと手わけをして、近くのペットショップをかたっぱしからたずねてまわっていたのだ。だけど結局、おれがたずねた店はぜんぶはずれだった。

家に帰ってドイルの携帯電話に連絡すると、ドイルのほうも収穫はなかったらしい。これからレストレードのようすを見にいくというので、おれも合流することにした。

玄関でくつをはきかけていると、姉ちゃんが「ちょっとシュン」とおれに話しかけてきた。

「このまえのでかウサギだけど、あれってたしか、言問さんの家であずかってるのよね。」

「あ、ああ、そうだけど、それがどうかした？」

おれはぎくっとなりながらこたえた。かってに神社にすませていることがばれたら、ぜったいに怒られるだろうから。姉ちゃんにはドイルがあずかっているといってあったのだ。

「べつに、たいしたことじゃないんだけど、あたしの友だちがきのう、ユウレイ神社で集会をしてたネコたちのなかに、でっかいウサギがまざってるのを見たっていってたから。もしかしてあのでかウサギじゃないかと思ったけど、まあたぶん見まちがいよね。」

　ウサギがネコの集会に参加するわけないし、と姉ちゃんはつづけたけど、それはまちがいなくレストレードだ。おれはあせっているのをかくしていった。

「そうだよ、そんなわけないじゃん。それよ

り姉ちゃん、レストレードのこと、ちゃんと知りあいにきいてみてくれてるのかよ。それと、ドイルのかわりにレストレードをあずかってくれそうな人のことも。」

「なに？　あたしがせっかくてつだってあげてるっていうのに、まだ不満があるわけ？　だいたいあんなでっかいウサギのあずかり手、そうかんたんにみつかるわけないでしょ。」

とっさに話題をかえたら、姉ちゃんの声がとたんにとげとげしくなった。それ以上きげんがわるくなるまえに、おれは「じゃあいってくるから」とあたふた告げて、玄関をとびだした。

ユウレイ神社につくと、ドイルがレストレードの毛をブラッシングしていた。レストレードと思うぞんぶんふれあえて、しあわせそうにしていたけど、おれが姉ちゃんからきいた話をつたえると、ドイルは表情を暗くした。

「このままだと、いつかばれちゃうよね。レストレードがここにすんでること。」

「そのまえになんとかこいつの飼い主をみつけないとな。それで、どうする。あしたはもっと遠くのペットショップにいってみるか？」

おれがそうたずねると、ドイルがいいづらそうにこたえた。

「最後にいったお店できいたんだけど、レストレードはやっぱりかなり特殊な品種のウサギだから、ふつうのペットショップでは、まず売ってないらしいの。それでね、そこの店長さんが親切な人で、心あたりのお店にひととおり電話をかけてくれたんだけど、どこもそんなウサギは売ったことがないって話で……。」

「つまりこいつは、このへんの店で買われたわけじゃないってことか。」

「うん、あとはめずらしい動物の販売会で買ったとか、お店じゃなくて知りあいにゆずってもらったって可能性もあるけど……。」

ドイルの話をきいていると、売った店から手がかりを、というのは、どうもむりそうだ。だけどそうなると、もうどうやって飼い主をさがしだせばいいのか、ぜんぜんわからなくなってしまう。

バロンの鼻で山にのこったにおいをたどって、という手は最初にためしてみた。もともとむずかしいという話だったけど、バロンがどんなにがんばっても、山のふもとまでにおいをたどることもできなくて、ぐずぐずしているうちに夕立ちでにおいがながされてしまった。

レストレードの写真をもって、山のまわりできさこみもしてみた。動物病院と交番の掲示板に、『まよいウサギあずかってます』と張り紙も貼らせてもらった。姉ちゃんや学校の友だちにも、情報をあつめてもらっている。だけどいまのところ、レストレードのことを知っている人は、ひとりもみつかっていなかった。

「ホームズ、おまえ名探偵なんだから、飼い主をさがすいいアイデアをなんか思いつけよ。」

「そういわれても、こればかりはね。レストレードとであった場所から、じょじょにききこみの範囲をひろげていく程度しか思いつかないな。ぼくにレストレードの言葉がわかったら、話はもっとかんたんなんだけどね。」

ホームズがざんねんそうにいった。シルクがネコと話すのとはちがって、レストレードの場合、ホームズのいうことがなぜかなんとなくつたわっているというだけだ。だから、すんでいた家の場所や外見についてきいても、はっきりとしたことはわからないし、迷子なのかすてられたのかも、あいかわらずなぞのままだった。

おれとドイルとホームズがそろってなやんでいると、どこからか「にゅっふっふ」と声がきこえてきた。

「きこえるにゃんきこえるにゃん、おなやみくるしむ心の声が。アイドル界のおこまり解決天使、シルクちゃんをよぶ声が！」

いきなりとびだしてきたシルクが、くねくねとポーズをとってつづけた。

「にゃあっはっは――っ！　おなやみおこまりにゃふっと解決！　エンジェルアイドルシルクちゃんの、にゃんにゃんおなやみ相談コーナー、リタ――――ンズにゃん！」

またそれか、と思ったけど、そういえばこのまえの相談コーナーでは、ちゃんと役にたつ情報をくれたんだった。こんどももしかしたら、と期待して、おれはシルクにたずねた。

「おまえ、なにかいいアイデアがあるのか？」

「にゅふふ、まっかせるのにゃん。ゆうべドイルにつくってもらった秘密兵器をつかって、このシルクちゃんがレストレードのおうちをつきとめてみせるのにゃん！

ドイル、あれをおねがいするのにゃん。」

「えっ、ほんとにあれをやるの？」

やるのにゃん、とシルクがドイルをせかした。ドイルはしぶしぶホームズをしまうと、バッグのなかをごそごそとさぐった。

秘密兵器ってなんだ、と思いながらまっていると、ドイルがバッグからとりだしたのは、ウサギ耳のくっついた小さなカチューシャだった。そのカチューシャを頭につけてもらったシルクが、とくいそうに胸をはった。

「にゅふん、どうかにゃんシュン。本物のウサギさんに見えるかにゃん。このウサ耳とシルクちゃんのスーパー演技力でウサギさんになりきれば、きっとレストレードの言葉もわかるようになるはずにゃん！」

「わかるわけないだろ！」

おれのはげしいつっこみを無視して、シルクは「ぷぅぷぅぷぅのぷぅのぷぅにゃん！」とレストレードに話しかけた。だけどもちろん、そんなてきとうな鳴きまねで、言葉がつうじるわけがない。レストレードの表情は、いつもあまり変化がない

けど、いまはもうはっきりと、なにいってんだこいつ、という顔をしていた。

それでもかまわず、シルクは鳴きまねをくりかえした。

「ぷいぷいぷぅのぴょんぴょんぷぅにゃん！」

「さっきと鳴きかたかわってるじゃねえか！」

「にゃうぅ、おかしいのにゃん、なぞなのにゃん。シルクちゃんのハイパー演技力をもってしても、ウサギさんになりきることはできないのかにゃん⁉」

にゃんがとれてない時点で、ぜんぜんウサギになりきれてない。やっぱりシルクに期待しちゃダメだった。

おれはシルクのウサ耳を引っぱりながらドイルにいった。

「おまえも、役にたたないってわかってるのに、こんなもんわざわざつくるなよ。」

「その、シルクがどうしてもっていうから。けっこう似あいそうだったし……。」

似あってるか、これ。おれがうたがいのまなざしをむけていると、ちょうどカミナリ親分たちが神社にもどってきた。

「にゃっふう、親分見まわりおつかれさまにゃ――ん！」

シルクによびかけられて、こっちをむいたとたん、親分たちはたちまちばたばたとたおれてしまった。まるでピストルかなにかで撃たれたように。

どうやらウサ耳をつけたシルクが魅力的すぎて、すがたを見ただけで気絶してしまったらしい。いつものことだけど、こいつらの趣味はほんとうに理解不能だ。

ためいきをついたおれのとなりで、レストレードもぷぅ、とあきれたように鳴いた。

ウサ耳シルク作戦が失敗したあと、またレストレードの特訓につきあって、夕方に神社をでた。カミナリ親分たちはまだ気絶したままだったけど、ものすごくしあわせそうな顔でたおれていたから、心配はいらないだろう。

「いいかい、さっきもいったとおり、きみがここにすんでいることが知れわたるとまずい。見おくりはもういいから、境内にもどっておとなしくしてるんだよ。わかったね？」

ホームズの言葉に、レストレードが足をふみならしてこたえる。長く、短く、長く、短く。たしか、『はい』のモールス信号だ。「うんうん、よくおぼえられたね」とホームズがうれしそうにレストレードの頭をなでた。

帰り道を歩きだしてすぐに、おれのよこを赤トンボが追いこしていった。そしてその赤トンボを追いかけるように、すずしい風がとおりすぎる。

ドイルがぽつりとつぶやいた。

「そろそろ夏もおわりなんだね。」

「まあ、来週からもう二学期だもんなあ。」

夏休みがあと一か月ぐらいのびねえかな、とおれはつづけた。ホームズにせかされたおかげで、宿題は無事におわりそうだけど、まだぜんぜん遊びたりなかった。

ドイルはおれのせりふにくすっとしてから、まじめな声になっていった。

「二学期がはじまるまえに、レストレードの飼い主か、あずかってくれる人がみつかるといいね。」

「そうあせることはないんじゃないかい。レストレードには注意しておいたから、そんなにすぐにばれることはないだろうし。彼の食費の問題も、親分たちが食料をとどけてくれたり、神社の雑草を食べたりしているおかげで、そこまで負担は重くはないからね。」

ホームズはやけにのんきだった。だけどおまえ、その食費って、おれとドイルのこづかいからでてるんだからな。

おれがホームズの顔をにらんでいると、ドイルがざんねんそうにいった。

「でも、やっぱりいつまでも神社にすまわせておくわけにはいかないよ。学校がはじまったら、いまほどいっしょにはいられなくなっちゃうし。」

「それはまあ、ぼくもわかっているけどね……。」

ホームズはごにょごにょとこたえてうつむいた。それを見たおれは、なるほどな、となっとくしてホームズにいった。

「ホームズ、おまえレストレードとなかよくなりすぎて、あいつとわかれたくなくなっちゃったんだろ。だからいまのまま、レストレードの飼い主がみつからなければいいって思ってんじゃないのか？」

「そっ、そんなことあるわけないじゃないか！　まったく、ひどい誤解だよ。ぼくはそんなにレストレードと親しくなったおぼえはないぞ。いまだって、彼の特訓をしなくちゃいけないせいで、かんじんの探偵活動がちっともできなくてこまってるんだからね。」

いいめいわくさ、とホームズは怒ったようにいった。だけどそのあとで、神社の

ほうをふりむいてだまりこむ。レストレードとわかれるときのことを考えたら、さびしくなってしまったんだろう。こいつって、ほんとうにすなおじゃないよな。せっかくだからもっとからかってやろう。そう思ったところで、おれはホームズのようすがおかしいことに気がついた。

ホームズは神社のほうをふりむいたまま、うごかないでいたかと思うと、いきなりドイルの顔を見あげて必死な声でさけんだ。

「ドイル、すぐに神社にもどるんだ！」

「えっ、どうしたの？　なにかきこえたの？」

「いいからいそいで！　レストレードが！」

その言葉を最後まできかずに、おれは全速力でユウレイ神社にひきかえした。レストレードがどうしたのか知らないけど、ホームズがあんなにあわてるなんてただごとじゃない。

境内にとびこんで「レストレード！」と大声でよぶと、気絶していたカミナリ親分たちがとびおきた。けれど境内を見わたしても、レストレードのすがたはない。

つづけて縁の下をのぞきこんでいると、うしろでホームズの声がきこえた。

「シュン！　自転車にのった少女が走りさるのを見なかったかい！」

大あわてでふりかえろうとしたら、縁側に頭をぶつけてしまった。おれはいたみをこらえながら、ホームズの質問にこたえた。

「自転車!?　自転車だったら見た気がするけど……。」

「それだ！　その少女がレストレードをつれていってしまったんだ！」

「なんだって!?　それってつまり、レストレードが誘拐されたってことか!?」

おれがおどろいてききかえすと、ホームズはぎこちなくうなずいた。

「だったら最初にそういえよ！　ドイル、バロンをよんでくれ！　すぐにその誘拐犯を追いかけるぞ！」

「きさまにいわれずとも、ワガハイの準備はすでに万端だ。いそぐぞ、助手よ！」

道にのこった自転車のタイヤのにおいをたどって、誘拐犯の追跡がはじまった。

走って追いかけたいところだけど、さすがにそれだと、バロンもにおいを正確にかぎとれないらしい。レストレードが心配でじりじりしていると、バロンがにおいをたしかめながらいった。

「しかし、あのでかぶつをいきなりさらっていくとは、なんとも行動力にあふれた誘拐犯だな。それほどあやつのことを気にいったのか。」

「そういわれればたしかになあ……。」

あんなでっかいウサギ、いくらかわいいと思っても、ふつうはそのままひろって帰ったりしないだろう。

「ホームズ、おまえ、誘拐犯の声がきこえたんだよな。そいつ、どんなことをいってたんだ。」

おれはホームズにたずねてみた。だけどホームズは、なぜか視線をそらして、「さあ、どうだったかな。あせっていたからよくおぼえていなくてね」とあいまいにこたえるだけだった。

どうもいつものホームズらしくない。レストレードのことが心配でしかたないのかとも思ったけど、そういうのとはちがうみたいだ。ホームズの態度は、なにかまよっているというか、なやんでいるというか、とにかくそんなふうに見えた。ドイルも気になっているのか、ときどきちらちらとその顔を見おろしていた。

追跡をつづけるうちに、夕焼けの色がだんだんこくなってきた。いまから帰っても、リリカの散歩をするのはむりそうだ。へたをすると、夕めしにもまにあわないかもしれない。姉ちゃんと母ちゃんにガミガミいわれるのを覚悟していると、ホームズがふいに口をひらいた。

「……そろそろ、追跡はおしまいにしようか。」

「まてよ。帰りの時間を気にしてるなら、もうちょっとくらい……。」

「いや、このままでは夜になってしまいそうだしね。それにもともと、むりに追いかける理由はないんだ。だってレストレードは、誘拐されたわけじゃないんだから。」

とつぜんそんなことをいわれて、おれはぽかんとしてしまった。

誘拐じゃないならなんだっていうんだ。おれが混乱していると、ドイルがまるで最初からわかっていたようにいった。

「じゃあ、レストレードをつれていったのは、やっぱりレストレードの飼い主だったんだね。」

「飼い主⁉」

おれが声をあげてしまうと、ホームズが「そう」とドイルの言葉にこたえた。

「ぼくの耳にきこえたのは、レストレードの飼い主のよろこびの声だったんだ。どうやらずっとレストレードのことをさがしつづけていたらしい。無事にみつけることができて、感激して泣きそうな声をしていたよ。レストレードもうれしそうに鳴いていた。だからさっきもいったとおり、レストレードを追う必要はないんだ。」

それをきいたバロンが、なるほどな、とうなずいた。

「ならばたしかにやつの身を案ずることはないが、ほんとうに追跡をやめていいのか、探偵。雨でもふってこのにおいがきえてしまえば、もうあのでかぶつの顔を見ることはできんかもしれんぞ。」

「それでもかまわないさ。レストレードはめでたく飼い主のもとに帰ることができたんだから。これで事件解決だ。」

ホームズはさばさばとこたえた。さばさばしすぎていて、それがホームズの本心だとはとても思えなかった。

おれはホームズを問いつめた。

「なにがそれでもかまわないだ。だったらなんでここまで追いかけてきたんだよ。」

「それは、きみたちがあまりにけんめいだったから、かんちがいをしていることをつたえそびれてしまっただけさ。とにかく、シュンはリリカの散歩があるんだろう。いまならまだ、お姉さんにしかられずにすむかもしれない。さあ、いそいで帰ろう

じゃないか。」

ホームズがおれたちをせかした。ドイルはちらっとおれの顔を気にしてから、ホームズの言葉にしたがおうとしたけど、おれはこのまま帰るなんてごめんだった。

おれはドイルを引きとめると、わざと乱暴にいった。

「ふざけんな。リリカの散歩なんて、とっくにまにあわないんだよ。おれが姉ちゃんに怒られるのはもうきまりなんだから、このまま最後まで追いかけるぞ。」

早足で追跡をつづけようとしたおれの服を、ホームズの手がつかんだ。

「まちたまえ！」

「まちたまえじゃねえよ。それじゃあおまえは、もうこのままレストレードにあえなくなってもいいってのかよ！」

おれがホームズの顔をにらむと、ホームズはうつむいてぼそぼそとこたえた。

「……べつに、そういうわけじゃないさ。だけど、追いかけたところで、どうなるっていうんだい。おわかれのあいさつでもしようっていうのかい？　そんなことをしたって、わかれるのがよけいにつらくなるだけじゃないか！」

　その怒ったせりふが、きっとホームズの本音だ。そうだ、ホームズはレストレードとわかれたくないにきまってる。だからおれたちにわざとほんとうのことをおしえないで、ここまで追いかけてきたんだ。

　このままレストレードとあわないほうが、つらくないかもしれない。ホームズはずっとそうまよっていたんだろう。だけど、そんなのべつにまようことなんてない。

「おわかれのあいさつなんかしなくたって、飼い主にちゃんといえばいいだけの話だろ。おれたちは迷子になってたレストレードのめんどうをみてやってたんだから、これからもちょくちょくあいにこさせろって。」

「かんたんにいわないでくれたまえ！　きみやドイルならそういうこともできるだろうさ。だけどぼくはパペットだ。ぼくがレストレードとしゃべっているところを飼い主に見られたら、ドイルの秘密が……。」

「ホームズ。」

ドイルがしずかにホームズの言葉をとめた。ホームズがはっとしてその顔を見あげると、ドイルはやさしくほほえんでいった。

「だいじょうぶだよ。わたしがレストレードの飼い主に、ホームズのことを説明するから。」

それをきいて、おれは心底びっくりしてしまった。ドイルはパペットの秘密がばれることをすごくこわがる。だから、自分からそんなことをいうなんて信じられなかった。

「ホームズがわたしのことを思ってくれるのはうれしいけど、わたしだってホームズのために、なにかしてあげたいもの。それにレストレードも、このままホームズとあえなくなったら、ぜったい悲しむと思うから……。」

ドイルはしっかりした声でそうつづけたけど、ほんとうはやっぱり、秘密をあかすのはこわいんだろうな、とおれは思った。それでもホームズのために、勇気をだして決心したんだろう。そのことがなんだかうれしくて、おれはドイルにつづいて

ホームズにいった。

「正直に説明しなくたって、おまえだったらいくらでもごまかす手を思いつけるだろ、ホームズ。おれもうまくやってやるから、おまえがそんなふうにあきらめるなよ。」

「きみたち……。」

ホームズの声はちょっとふるえているようだった。言葉をなくしてだまっているホームズに、バロンがふん、と鼻を鳴らしていった。

「いつも明晰なきさまにしては、くだらんことでなやんでいたようだな。それで、どうするのだ。ワガハイはまたされるのは好きではないぞ。」

ホームズはバロンのほうをむいて、それか

らおれとドイルの顔を順番に見つめた。そして心をきめたようにうなずくと、ホームズはおれたちにいった。

「わかった。それじゃあきみたちの厚意にあまえて、追跡をつづけさせてもらうことにするよ。だけど今日はもうおそいから、あしたの朝いちばんに、この場所から追跡を再開しよう。たしかあしたの午後までは、雨の予報はなかったはずだからね。それでかまわないかい？」

「ま、団長の決定じゃしょうがないよな。」

おれはおどけてこたえると、ドイルも笑顔でうなずいた。ホームズはきこえるかきこえないかくらいの声で、ありがとう、とつぶやくと、レストレードのにおいがつづく道をじっと見つめた。


つぎの日、おれはまちあわせ場所のユウレイ神社に、大ちこくでかけこんだ。

「わるい、おそくなった！」

きのうの帰りがおそくなったせいで、母ちゃんにしかられて、遊びにでかけるのを禁止されていたのだ。いくらたのんでもゆるしてもらえなかったので、母ちゃんが長電話をしているすきに、家をぬけだしてきた。おかげで朝いちばんに追跡再開のはずが、すっかりおそくなってしまった。

「いや、問題ないよ。それよりこちらこそすまなかったね。こっそりぬけだしてきたんじゃ、帰ったらまたしかられてしまうだろう。」

ホームズがそうこたえた。てっきりもんくをいわれると思っていたおれは、きょとんとしてホームズの顔を見つめた。

「……なんか、おまえにやさしくされると調子くるうな。」

「なっ、失礼だなきみは！　ぼくのせいでしかられるようなものだから、気をつかってあげたっていうのに、なんていいぐさだい、まったく！」

「そう怒るなって。とにかくいそごうぜ。雨がふってこないうちに。」

空は朝からいやな色の雲におおわれていた。天気予報では、雨は午後からといっ

ていたけど、いつふりだしてもおかしくないようなふんいきだった。

おれたちはきのう追跡を中断した場所までもどると、そこからまたにおいを追いかけはじめた。時間がたったタイヤのあとを追いかけるのは、そうとうたいへんらしくて、バロンはいつもよりしつこく道にのこったにおいをたしかめていた。

だれかにあやしまれそうになるたびに、パペットをかくさなくちゃいけないから、追跡のスピードはふつうに歩くよりもおそくなる。雨がふりださないように、といのりながら追跡をつづけて、時間はそろそろ昼になろうとしていた。

「……おかしい、いくらなんでも遠すぎる。」

ホームズがふいにつぶやいた。たしかに、ユウレイ神社からはもうかなりはなれて、まわりには見なれない街の景色がひろがっていた。

「ぼくらとであったとき、レストレードの毛なみはまだ比較的きれいだった。そんなに長いあいだ、外をさまよっていたわけじゃない。いくらレストレードがふつうのウサギより大きいとはいっても、短期間でこれだけの距離を移動することがあるだろうか。」

「つまり、レストレードはやっぱり、迷子じゃなくてすてられたんじゃないか、ってこと？」

ドイルが不安そうにたしかめるので、おれはあわてていいかえした。

「けど、飼い主はレストレードがみつかって大よろこびしてたんだろ？」

「うん、だからレストレードをすてたのは飼い主じゃなくて、たとえばお母さんとかに、かってにすてられちゃったのかも、って……。」

「ぼくもおなじことを考えていた。そしてその推測があたっていたとしたら、飼い主が家につれてかえっても、レストレードはまたすてられてしまうおそれがある。」

ホームズの声はあせっていた。たしかに、こんどどこかにすてられてしまったら、パペット探偵団の力でも、レストレードをみつけることはできないかもしれない。

まだすてられていないでくれよ。そうねがいながら、おれは灰色の空を見あげた。

するとそのとき、ついにぱらぱらと雨がふりはじめた。おれが「げっ！」とうろたえていると、バロンの声がきこえた。

「あぶないところだったな。自転車のにおいは、そのマンションの駐輪場につづいているようだ。おそらくそこが、でかぶつの主の家なのだろう。」

　近くにあったマンションを見て、おれは歓声をあげようとした。けれどそのひまもなく、雨のいきおいが急に強まって、すぐにどしゃぶりの大雨になった。

　おれとドイルは大いそぎでマンションのなかにかけこんだ。こんなに強い雨がふれば、道のにおいなんてあっというまにながされてしまうだろう。バロンのいうとおり、ほんとうにあぶないところだった。

「でかぶつのにおいが、マンションのなかにものこっている。ここでまちがいないようだが、しかし妙だな。」

「なんだい、なにか気になることでもあるのかい？」

「いや、それはあとでもいいだろう。まずは飼い主の部屋をさがさなくてはな。」

　においはマンションの最上階につづいていた。そのにおいをたどっているとちゅうで、ドイルがいった。

「家が動物禁止のマンションってことは、レストレードはやっぱりすてられちゃったんだね。最近ここにひっこしてきたりしたのかな。」

ドイルの予想はたぶんあたりだった。においがつづいていた部屋の表札が、まだ真新しかったからだ。

「飼い主と話をする役はたのめるかい、シュン。」

「おう、まかせとけ。」

ちこくでめいわくかけたぶんをとりもどさないとな。おれがそういきごんでチャイムを鳴らすと、すぐに玄関のドアがあいて、きげんのわるそうなやせたおばちゃんが顔をだした。

「……あなたたちは、メグミの友だち？」

おばちゃんがたずねてきた。メグミってのは、たぶんレストレードの飼い主のことだろう。

あやしむようなまなざしでじろじろ見つめられて、おれはあたふたと「いや、おれたちきのうまで、ここの家のウサギをあずかってたんですけど」と説明した。するとそのとたん、おばちゃんの目がつりあがった。

「あなたたちがよけいなことをしたのね！」

いきなりそんなふうにどなられて、おれはめんくらってしまった。だけどすぐに腹がたって、乱暴にいいかえす。

「よけいなことってなんだよ。おれたちはずっとあいつのめんどうをみてやってたんだぞ。」

「それがよけいだっていうのよ！　わたしがせっかく山にすててきたっていうのに、それをひろってメグミにかえしたりするから。そのせいでメグミは家出なんてしたんじゃない！」

「家出⁉　家出ってなんで⁉」

おれが目をまるくしていると、おばちゃんはこわい顔のまま視線をそらした。

「それは、きのうの夕方、メグミがグランをつれてもどってきたから、怒っていったのよ。もう一度すててこなければ、家にいれないって。だってしょうがないでしょう。マンションであんな大きなものを飼えるわけないいんだから。それなのに、いくらいってもわかってくれなくて、グランといっしょにどこかにいったきり帰ってこなくて……。」

グランってだれだ。はじめてきく名前にとまどってしまったけど、つまりそれがレストレードの本名らしい。

「警察にはもう連絡したんスか。」

「まだよ。誘拐とかじゃなくて家出なんだから。はずかしくてきがるに通報なんてできないわ。」

おばちゃんは気まずそうにこたえた。そんなことといってないで、心配なら通報すりゃいいだろ。そういってやろうとしていたら、ドイルがおどおどとおばちゃんに話しかけた。

「あ、あの、メグミさん、携帯電話はもってないんですか。もってるなら、携帯の位置情報で居場所をしらべて……。」

「そんなこと、あなたにいわれなくてもわかってるわ。だけどメグミのほうでその機能をオフにしていて、位置情報が確認できないのよ！」

いらいらしたわめき声に、ドイルがびくっとちぢこまった。おれがドイルをうしろにかばって、おばちゃんをにらみつけると、相手も負けずににらみかえしてきた。

「とにかく、ぜんぶあなたたちのせいよ。グランがみつからなければ、メグミもそのうちあきらめてくれたはずなのに……。」

そのとき急に、にぎやかな音楽が鳴りはじめた。おばちゃんがドキッとしたようにわめくのをやめて、ポケットから携帯電話をとりだす。そして「メグミからだわ」とつぶやいて、携帯を耳にあてた。

「もしもしメグミ！　あなたいまどこにいるの！」

おばちゃんが必死に問いかけた。だけど相手のへんじはないらしい。なんどもくりかえしよびかけているうちに、おばちゃんはどんどんどなり声になっていった。

「いいかげんにしなさい！　なにをダンダン音を鳴らして遊んでるの⁉　そんなことしてないで、ちゃんとへんじをしなさいよ！」

「音を鳴らして……？」

そこでいきなり、ホームズが「レストレード！」とさけんで、おばちゃんの前にとびだした。

おばちゃんはとつぜんしゃべりだしたホームズにおどろいて、携帯をゆかに落としてしまう。ドイルもホームズの予想外の行動にかたまってしまっている。まずいぞ、こんなのどうやってごまかせばいいんだ！

「い、いや、これはこいつがかってにしゃべってるとかじゃなくて……。」

しどろもどろにいいかけてから、おれは小声で「なにしゃべってんだおまえはっ」とホームズをせめた。けれどホームズはそれを無視してうったえる。

「レストレードだよ！　電話のむこうで、レストレードがモールス信号のメッセージをおくってきているんだ！」

ホームズのあせりかたはふつうじゃなかった。ごまかすのはあとまわしにして、

おれはおばちゃんが落とした携帯をひろうと、それを自分の耳に近づけた。

たしかにきこえる。電話のむこうで、レストレードが足をふみならしている。ダダ、とすばやく三回。ダンダンダン、とゆっくり三回。最後にまたダダダと三回。

その信号にはききおぼえがあった。

「レストレード！　レストレードそこにいるのかい！」

ホームズが携帯によびかけると、レストレードのぷぅぷぅという鳴き声がかえってきた。それからまたレストレードは、さっきとおなじモールス信号をくりかえす。

「おい、この信号って、SOSじゃなかったか!?」

「そう、まちがいなくSOSだ。レストレード、こたえてくれたまえ。SOSとはどういうことだい。もしやきみの飼い主が、危険な状態にあるのかい？」

ホームズの質問に、レストレードがまた足を鳴らしてこたえる。長く、短く、長く、短く。たしか、『はい』のモールス信号。

「危険な状態ってなにが……。」

おれがいいかけたところで、ちょうどお昼をしらせる消防署のサイレンが鳴りひ

びいた。そしてその音にはっとしたように、おばちゃんがおれの手から携帯電話をうばいとった。

おばちゃんは化けものでも見るような目をホームズにむけていった。

「なによこのパペット!?　なんなのよあなたたちはいったい！」

「それどころじゃないって！　メグミさんがたいへんかもしれないんだ！　レストレードがモールス信号でSOSをおくってきたんだよ！」

「わけのわからないことをいわないで！　もう帰ってちょうだい、おねがいだから帰って！」

おばちゃんはおれの体をつきとばして、乱暴にドアをしめた。おれはすぐにドアノブにとびついたけど、もうカギをしめられてしまっている。

「あけてくれよ！　ほんとにたいへんなことになってるかもしれないんだ！」

「むだだよ。こうなってしまっては、もう話をきいてはくれないだろう。すまない、ぼくがもっと慎重に対応すべきだった。」

ホームズの声は冷静だったけど、ほんとうはとてもあせっているのがつたわってきた。そのとなりで、バロンがひとりごとのようにいった。

「ふうむ、しかし家出とはな。でかぶつと飼い主のにおいが、すぐにまたマンションをでていったきりもどっていないから、妙だとは思っていたが……。」

ドイルがホームズに問いかけた。

「さっきの電話、レストレードがかけてきたのかな。」

「おそらくね。画面にさわって操作するスマートフォンなら、レストレードが画面にふれたひょうしに、偶然よくかける自宅の番号に発信することもありえなくはない。飼い主が危険というのが具体的にどんな状況かはわからないけど、とにかくすぐにみつけださないと。」

「みつけるっていったって、このどしゃぶりじゃ、においなんて完全にきえちまってるだろ。」

雨はマンションについたころより、さらにはげしくなっていた。まるで滝のようないきおいで、においを追うどころか、ふつうに外にでるのだってたいへんそうだ。

これだけひどい大雨だと、さすがのバロンも「ワガハイの鼻に不可能はない」とはいってこなかった。

おれがどしゃぶりの街を見わたしてあせっていると、ホームズがいった。

「いや、確実ではないけれど、居場所の手がかりならあるよ。バロン、いったんバッグにもどっていてくれるかい。それと、ドイルには携帯でしらべてほしいことがある。」

「う、うん、なにをしらべればいいの？」
ドイルが携帯電話をとりだして、片手で器用に画面を操作した。
「まず、天気予報のサイトで、現在の雨雲の状況をたしかめてくれたまえ。……うん、なるほど、これは好都合だね。つぎはこのあたりの地図を表示して。……いや、もうすこしひろい範囲を。そう、じゃあその地図を画像化して、そこに円をかきたしてくれるかな。円の中心はこの近くの消防署、円の半径は消防署からこのマンションまでの距離で。」

　ホームズがつぎつぎに指示をだす。そのたびにドイルの指がすさまじいスピードでうごき、それにあわせて携帯の画面がめまぐるしくかわっていく。

　ドイルの指さばきに感心してしまってから、おれはホームズにたずねた。

「なあ、手がかりってなんなんだよ。」

「さっきの電話のなかできこえた音さ。雨音、消防署のサイレンの音、それからシュンにはわからなかっただろうけど、かすかにふみきりの音もきこえた。それらの手がかりをくみあわせれば……ほら、もう居場所の見当がついた。」

　ホームズが携帯の画面を見つめていった。びっくりして画面をのぞきこもうとしたけど、ホームズが「いそぐよ！」とドイルの手を引っぱったので、おれもあわててかけだした。

カサをもってこなかったから、ずぶぬれで走るしかないと思っていたら、ドイルがおれのぶんの折りたたみガサまでもってきてくれていた。おれがうっかりわすれるかもと思って、というところはひっかかるけど、とにかくドイルの用意がよくてたすかった。

「携帯電話から、雨音がきこえたことは話しただろう。ドイルにインターネットで確認してもらったら、いま強い雨がふっているのは、このあたりのごくせまい地域だけなんだ。つまりレストレードの飼い主は、この近くにいる可能性が高いということさ。」

どしゃぶりのなかを走っている最中、ホームズがおれに説明した。

「もともと遠くにいってはいないだろうと予想してはいたんだ。急な家出でお金もあまりもっていなかったろうし、レストレードといっしょでは電車にものれないからね。」

「それはわかったけど、消防署のサイレンとかふみきりの音とか、そんなの手がかりになるのかよ。サイレンなんてどこにいたってきこえるし、ふみきりだってたくさんあるんだぞ。」

おれはそういいかえした。いわれたとおりに走ってはいるけど、おれはまだ自分がどこにむかっているのか、おしえてもらっていなかった。

「たしかに、ふつうだったら、そのふたつの音だけで、居場所をわりだすのはむずかしい。だけど今回は条件がよかった。シュンは知っているかい。消防署で鳴らされたサイレンがきこえはじめる時刻は、消防署からはなれればはなれるほどおそくなるんだ。」

「えっ、あのサイレンって、どこにいても十二時ぴったりにきこえるわけじゃないのか？」

「そう、音が空気中をすすむ速度は、一秒間に三百四十メートルほどだからね。たとえばさっきのマンションだと、消防署からは一キロ程度はなれていたから、サイレンの音がとどいたのは、十二時ちょうどから三秒ほどおくれていたことになる。だけどそれよりも大事なのは、あのマンションと携帯のなかで、まったく同時にサイレンの音が鳴りはじめたことだ。」

おれは頭のなかでホームズの説明を整理した。サイレンのきこえるタイミングは、消防署からの距離によってちがう。なのにそのサイレンが、同時にきこえだしたってことは……。

「つまり、マンションと、レストレードのいる、場所は、どっちも……。」

「どっちも消防署からおなじ距離にあるということさ。」

とちゅうで息がきれてしゃべれなくなってしまったドイルにかわって、ホームズがそうつづけた。それからホームズは、ドイルのバッグから携帯電話をとりだして、

「これを見たまえ」とおれに手わたした。画面にうつっているのは、たぶんこのあたりの地図。その地図に大きな円がかかれていた。

「その円は消防署とマンションの距離を半径にしている。ようするにその円上にある場所では、マンションとおなじ時刻でサイレンがきこえはじめるんだ。そして見てごらん。地図のなかで、円のすぐそばにあるふみきりはひとつだけだ。」

おれは画面のなかのその場所を見つめた。マンションからそう遠くない。地図にのっているスーパーは、たしかさっきとおりすぎたから、たぶんそろそろつくん

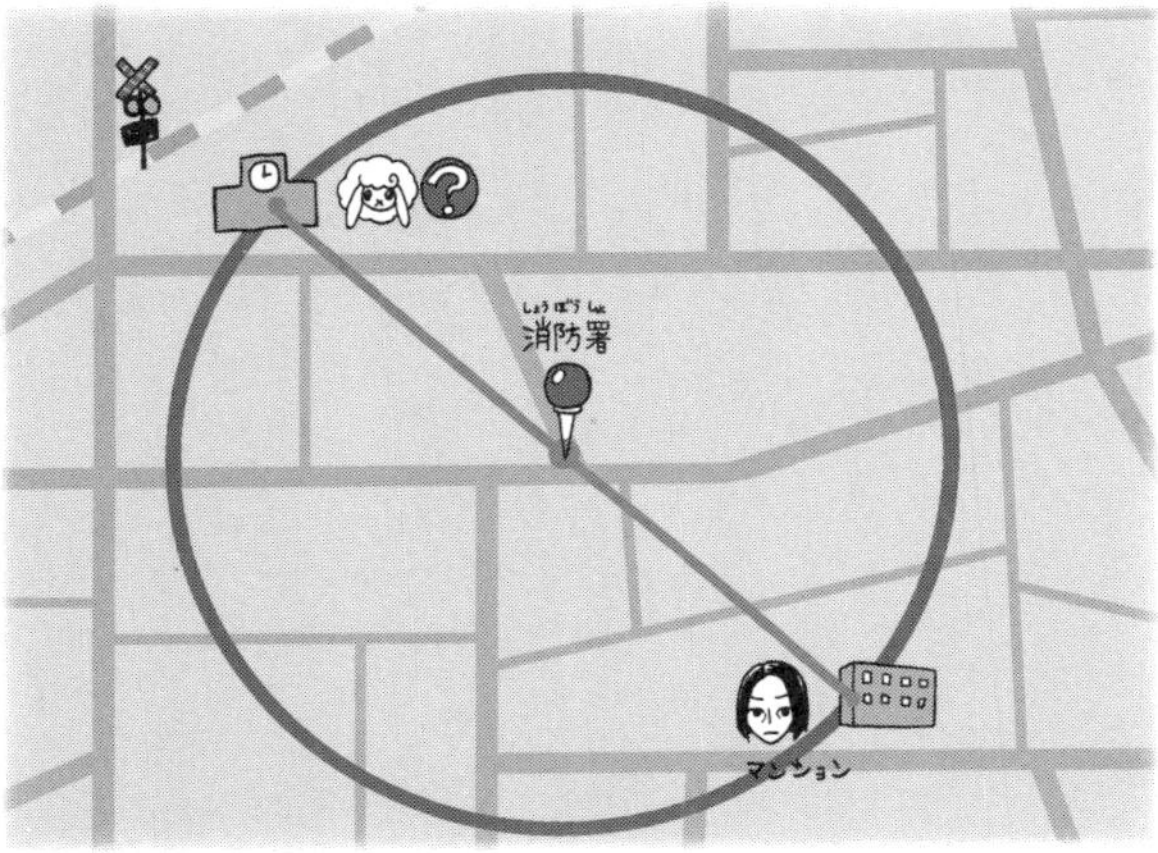

じゃないか。

「もちろん、その円はあくまで目安だから、近くで飼い主がいそうな場所を推測する必要がある。だけど電話の状況からいって、彼女のそばにはほかにだれもいないようだったからね。友人の家にとめてもらった、とは考えにくい。そのあたりにつごうのいい廃屋でもあれば話はべつだけど、そうでないとしたら、いちばんに候補にあがるのは……。」

そこの中学校だ、とホームズが正面に見えてきた校舎をゆびさした。たしかに、うまくしのびこむことさえできれば、夏休みの学校は、家出中のかくれ家にぴったりな気がした。

ドイルはもうへとへとでたおれそうだったけど、レストレードの居場所がわかったら、おれはもうぐずぐずしてはいられない気分になった。

「ドイル、まだ走れるか？」

「な、なんとか、あとすこしなら……。」

「じゃあ、ラストスパートでもうちょっとだけいそぐぞ！」

おれはドイルのうでをつかんで、走るスピードをあげた。

台風みたいな大雨のせいで、カサをさしていても足のほうはもうびしょぬれだった。くつのなかにも雨がしみこんできもちわるい。

中学につくと、おれはすぐに校舎を見あげた。レストレードと飼い主は、ほんとうにこの場所にいるんだろうか。そう思っていたら、三階の教室のまどがひとつだけあいているのが見えた。いまは夏休みで、しかも今日は日曜だ。ふつうなら教室のなかにはだれもいないはず……。

「おい、もしかしてあそこにいるんじゃないか！」

「すばらしい、おてがらだよシュン！　レストレード、そこにいるのかい！　いるならへんじをしてくれたまえ！」

ホームズが三階のまどにむかってさけんだ。うるさい雨の音がじゃまで、レストレードのへんじなんてぜんぜんわからなかったけど、ホームズの特別製の耳にはしっかりきこえたらしい。

「まちがいない！　レストレードはあの教室のなかだ！」

「でも、どうやってなかに入るの？　玄関はカギがかかってるみたいだし……。」

ドイルが息をととのえながらたずねると、ホームズは校舎を見わたしてこたえた。

「職員用の玄関がむこうにあるみたいだ。日曜日でも職員室には先生がいるかもしれない。」

ところがそっちの玄関も、カギはあいていなかった。ベランダのほうから職員室をのぞいてみても、なかはまっくらで先生のすがたは見あたらない。

いくら緊急事態といっても、まどガラスをわって侵入するのはまずいだろう。

いったいどうすればいいんだ、となやんでいたおれは、近くで雨やどりをしているネコたちをみつけた。おれがドイルに声をかけると、ドイルもすぐに気がついて、バッグからシルクをよびだした。

「にゃあっはっは——っ！　登場せりふはまるっと省略、空気の読めるスーパーアイドル、シルクちゃんはなにをすればいいのかにゃん？」

「レストレードがこの学校のなかからＳＯＳをおくってきたんだ！　だからそこにいるネコに、なんとかなかに入りこんで、うちがわからカギをあけるようにたのんでくれよ！」

「にゃんと！　シルクちゃんファンクラブ新会員のピンチにゃん！」

　シルクがネコ語で話しかけると、それまでだらだらしていたネコたちがとびおきて、嵐のように走っていってしまった。そしてどこからもぐりこんだのか、すぐに玄関のうちがわにやってきて、前足でドアのカギをあけてくれる。

「にゃっふう、ありがとにゃ——ん！」

　シルクの投げキッスでメロメロになっているネコたちをおいて、おれたちは校舎にのりこんだ。暗いろうかをかけぬけて階段をのぼると、三階の教室の前で、レストレードがおれたちをまっていた。おれのうしろで「レストレード！」とホームズがさけび、レストレードもうれしそうに鳴いてから、教室のなかにとびこんだ。

レストレードを追って教室にかけこむと、中学生くらいの髪の長い姉ちゃんがゆかにたおれていた。たぶんレストレードの飼い主のメグミさんだ。おれはいそいでその体をゆさぶって、大声でよびかけた。

「だいじょうぶっスか！　しっかりしてください！」

メグミさんは顔色がめちゃくちゃわるくて、熱もかなりありそうだった。これはすぐに救急車をよばなくちゃまずいんじゃないか。そうあせってしまったけど、おれがくりかえしよびかけていると、メグミさんはそのうちに小さくうめいて、うっすらと目をあけた。

「……あれ、わたし、どうしてたの？」

おれはドイルと顔を見あわせて、ほっとためいきをついた。レストレードもよろこんでメグミさんにじゃれつく。

おれはまだぼんやりしているメグミさんにいった。

「えっと、気をうしなってたおれてたみたいですけど、ほんとうになんともないっスか？」

「気をうしなって？　そう、朝から体調はわるかったけど、まさか気をうしなうなんて……。」

かぼそい声でこたえて、メグミさんはつらそうに頭をおさえた。おれが心配していると、ホームズがおれにこっそり耳うちをした。

「日曜だけど、すぐそばの病院があいていたみたいだ。歩けるようなら、救急車をよぶよりもそこにつれていったほうがいいかもしれない。」

わかった、と無言でうなずいて、おれはメグミさんにたずねた。

「ここのそばの病院があいてるらしいんスけど、そこまで歩けそうですか？」

「ええ、たぶん。だけど、あなたたちはいったい……。」

メグミさんがおれとドイルの顔をふしぎそうにながめてくる。どうこたえればいいかまよっていたら、レストレードと目があった。おれたちパペット探偵団の特別団員と。

おれはニッとわらってメグミさんの質問にこたえた。

「おれたちは、そこにいる新米探偵ウサギの仲間っスよ。」

メグミさんがたおれたのは、暑さとつかれすぎが原因だった。

レストレードを親にすてられてから、メグミさんは毎日朝から晩まで、レストレードをさがしまわっていたらしい。レストレードのことが心配でずっと食欲もなく、おまけにきのうの昼からは、まったくなにも食べていなかったのだという。

やっとみつけたレストレードに好物を買ってやったら、自分の食べものを買う金がなくなってしまったそうだ。

「ほんとうに、あなたたちにはどれだけ感謝してもたりないわ。それに、ごめんなさい。まさかグランを神社にすまわせていたなんて知らなかったから、なにもいわずにつれてかえってしまって……。」

病院のベッドで点滴をうけながら、メグミさんがいった。メグミさんの母ちゃんに連絡がつかないので、おれはかわりにベッドのわきでつきそいをしていた。

「いや、おれたちもすいません。大事なウサギをあんなとこにおいといて……。」

メグミさんは「いいのよ」とほほえんで、病室のまどのほうに目をやった。ここからそのすがたは見えないけど、レストレードは病院に入れないので、ドイルとホームズといっしょに病院の外でまっている。メグミさんの前ではうごくこともしゃべることもできなかったから、いまごろホームズはめいっぱいレストレードとじゃれあっているだろう。

「ところで、あなたたちはどうしてわたしの家や、わたしの居場所がわかったの？」

「そ、それはその、レスト……じゃなくて、グランによばれたような気がして……。」

パペットの秘密をばらすわけにはいかないので、おれはくるしまぎれの説明をした。そんなあやしい説明を信じてもらえるわけがない、と思ったけど、メグミさんはこっちがびっくりするくらい、すんなりなっとくしてくれた。

「そういうこともあるかもね。グランは、昔からふしぎなウサギだったから……。」

おれは思わずうんうんとうなずいてしまった。凶暴な犬をやっつけたり、モールス信号をばっちりおぼえたり、ふつうのウサギだったらそんなことできっこないからな。

「グランはね、大好きだったおじいちゃんが、知りあいからもらってきたウサギなの。小学校のころからずっといっしょでね。そのころはわたし、友だちをつくるのが苦手で、学校ではいつもひとりぼっちだったから、ずっとグランだけがわたしの友だちだった。いまはもうほかの友だちもいるけど、わたしのいちばんの友だちは、いまでもやっぱりグランなの。」

そこまで話してから、メグミさんは悲しげに目をとじた。

「だけどもう、グランといっしょにくらすことはできないのね……。」

メグミさんはしずかにためいきをついた。なんとかしてあげたいけど、あのでかいレストレードをマンションで飼うのは、やっぱりむりだよな。

おれが頭をなやませていると、メグミさんがこっちをむいていった。

「あなたたちも、グランを飼うのはむりなのよね。」

「いや、ドイルの家はマンションだし、おれんちは飼ってる犬があいつを家にいれさせてくれなくて……。」

「そうよね、だから神社にすまわせてたのよね。だけどなんとなく、あなたたちになら安心してグランのことをたのめる気がして。グランもドイルさんにすごくなついてたみたいだし……。」

ざんねんそうにうつむいてから、メグミさんはすぐに明るい顔をしてみせた。

「ごめんなさい、気にしないで。体調がよくなったら、グランを引きとってくれる人をさがしてみるわ。だけどもしよかったら、引きとり手がみつかるまでのあいだ、またグランをあずかっていてくれないかしら。ほんとうに、めいわくでなかったらでいいんだけど……。」

「もちろん、ぜんぜんめいわくなんかじゃないっスよ。おれたちもあいつをあず

かってくれる人をずっとさがしてたから、みつかったらすぐメグミさんに連絡します。」
ありがとう、とメグミさんが笑顔になるのと同時に、「メグミ!」と悲鳴みたいな声がひびきわたった。おれがびっくりしてふりかえると、ずぶぬれになったメグミさんの母ちゃんが、病室にとびこんできたところだった。
「母さん……。」
「メグミ、ほんとうに無事でよかったわ。マンションにきたおかしな子どもが、あなたがたいへんだなんておどかすから、わたし心配で心配で……。」

メグミさんの母ちゃんは、なみだまじりの声でそういってから、そのおかしな子どもがベッドのそばにいることに気がついて、ぎょっとした顔になった。

話をきくと、メグミさんの母ちゃんはおれたちが帰ったあと、メグミさんのことが心配でしかたなくなって、心あたりの場所をさがしまわっていたらしい。大雨のなかを必死に走りまわっていたせいで、病院からの電話にもすぐに気づけなかったのだという。

レストレードをかってにすてたり、レストレードといっしょに帰ってきたメグミさんを家にいれなかったり、ひどい母ちゃんだと思っていたけど、メグミさんのことはちゃんと心配していたみたいだ。メグミさんは複雑な表情をしていたけど、なんとなくここにいるとじゃまになりそうな気がしたので、おれは病室をでることにした。

「おれたちになら安心してたのめる、かあ……。」

おれはメグミさんの言葉を思いだしてつぶやいた。

ドイルの家はマンションでぜったいむりだから、飼えるとしたらおれの家だ。まあ、リリカのやつにゆるしてもらうのも、それから母ちゃんを説得するのも、どっちもおそろしくたいへんだろうけど。

それでも、ほかにだれも引きとってくれるやつがいなかったら、おれがなんとかするしかないか。おれんちで飼えることになれば、ホームズのやつもきっとよろこぶしな。

そんなふうに考えながら、病院をでたところで、「ほんとうですか⁉」とめずらしく大きなドイルの声が耳にとびこんできた。おれが声のきこえた病院のわきのほうにむかうと、ドイルが携帯電話を耳にあてたままおろおろしていた。

「そ、そのことはほんとにごめんなさい！　和藤くんはわるくなくて、わたしがむりによびだしちゃったせいで、だからあの……あっ、いま和藤くんがきたからかわります！」

ドイルがおれに携帯をさしだしてきた。あきらかにまずい相手からの電話だ。おれがびくびくしながら電話にでると、きこえてきたのは姉ちゃんの声だった。

『あっ、もしもしシュン。母さんカンカンだから覚悟しといたほうがいいわよ。それと、たのまれてたウサギのあずかり手、ついさっきみつかったけど、どうする？』

あんまりにもふいうちすぎて、姉ちゃんの言葉の意味がすぐにはわからなかった。

数秒おくれで「えっ？」とききかえしてから、おれは足もとで首をかしげているレストレードを見おろした。


夏休みの最終日は、それまでの強烈な暑さがうそみたいにすずしい日になった。

その日の午後、ユウレイ神社の境内では、バロンとシルクがレストレードにひっこしまえのあいさつをしていた。

「でかぶつよ、安心するがいい。たとえきさまがそばにいなくなろうと、姫の笑顔はこのワガハイがまもると約束しよう。」

「にゅふう、さびしいのにゃん。レストレード、これはシルクちゃんのライブＣＤにゃん。新しいおうちで毎日きいて、シルクちゃんのことを思いだしてほしいのにゃん。」

シルクにむりやりCDをおしつけられて、レストレードはめんどくさそうな顔をしていた。

レストレードのまわりには、カミナリ親分とビリビリ四天王もあつまっていた。

言葉はつうじないはずだけど、レストレードがぶう、と風格のある声で鳴くと、五ひきの武闘派ネコたちは、そろってしっかりとうなずいてみせた。

結局、レストレードは姉ちゃんがみつけてくれた人のところに引きとられることになった。おれはなんとかうちで飼えるようにしたかったけど、どうしても母ちゃんを説得することができなかったのだ。

「おい、メグミさんがきたぞ。かくれろおまえら。」

おれは小声でバロンとシルクに注意した。レストレードがメグミさんにかけより、おれとドイルもそのあとにつづいて、ユウレイ神社を出発した。

まえとちがってすずしいから、レストレードは台車で運ばなくてもすんだ。日傘つきの台車にのせて、ユウレイ神社につれていったのは、まだほんの十日まえなの

に、なんだかそのときのことがやけになつかしかった。

「それにしても、ふしぎな偶然ね。レストレードを引きとってくれる相手と、ちょっとまえにたまたま知りあっていたなんて。」

レストレードの新しい家にむかうとちゅうで、メグミさんがいった。

たしかに、おれも最初は耳をうたがった。レストレードの引きとり手は、ウサミさんという姉ちゃんの友だちの親戚。名前は初耳だったけど、そのウサミさんがこんどはじめる喫茶店の店名はきいたことがあった。

喫茶店の名前は『ラパン』。そう、レストレードを引きとってくれるのは、宿題の絵をかきにいった山で宝さがしをしていた、あの兄ちゃんだったのだ。

店についたおれたちを、ウサミさんが笑顔で歓迎してくれた。

「やあ、いらっしゃい。ほんとうならこっちから引きとりにいかなきゃいけないのに、わざわざつれてきてもらっちゃって……って、それよりきみがグラン・レストレードくん⁉　わあお、写真で見るよりずっとイケメンでキュートじゃないか！」

ほめられているのがわかるのか、レストレードはなんだかとくいそうにしていた。

ウサミさんは店先でさんざんはしゃいだあとで、おれたちを喫茶店にまねきいれた。

店のなかに入ると、ドイルがとたんに歓声をあげた。

「わあっ、こんなにいっぱいウサギが……！」

ドイルだけじゃなく、おれもびっくりしてしまった。客のいない店のおくのスペースに、たくさんのウサギたちのすがたがあったのだ。それもおりにいれられているわけじゃなくて、喫茶店のゆかでのんびりとくつろいでいる。

かわった喫茶店なんだ、とウサミさんはいっていたけど、その言葉はほんとうだった。ウサミさんの喫茶店『ラパン』は、店のなかでウサギたちとふれあえる、ウサギ喫茶なのだ。ネコ喫茶はきいたことがあるけど、ウサギ喫茶なんてものがあるなんてはじめて知った。

パン屋みたいな『ラパン』という店名は、フランス語でそのままウサギという意味らしい。なるほど、たしかにこの店だったら、まねきネコよりまねきウサギのほうがぴったりだ。レジのところにかざってあった、まねきウサギの人形をみつけて、おれはそうなっとくした。

メグミさんもドイルに負けないくらいのウサギ好きだったみたいで、ドイルといっしょに店内を見わたして興奮している。それを見たウサミさんがうれしそうにいった。

「いやあ、気にいってもらえてうれしいよ。これからもえんりょなくどんどんきてくれていいからね。きみたちはいつでも無料サービスだからさっ。」

ウサミさんが飲みものをもってきてくれたところで、おれとドイルはホームズのことを紹介した。もちろん、秘密がばれないように、レストレードがおきにいりの、なんのへんてつもないパペットとして、だ。

「はじめまして、ぼくの名前はホームズ。ドイルの腹話術でしゃべる、ごくふつうのしがないパペットさ。」

ホームズがいつもよりずっとぎこちないしゃべりかたでいった。ふつうのパペットらしくきこえるように、しゃべりかたを特訓してきたのだ。

メグミさんとウサミさんは、それでもかなりおどろいていたけど、ホームズが自分でしゃべっているとは思っていないようだった。あとはいつもどおりぺらぺらしゃべっているところをきかれないように注意しておけば、ホームズがレストレードと話していても、そうそうあやしまれたりはしないだろう。

メグミさんとウサミさんが、レストレードの世話のしかたについて話しているあいだ、おれたちはウサギたちとふれあえるおくのスペースで、レストレードのようすをながめていた。レストレードは喫茶店のウサギたちに大人気で、たくさんの仲間にかこまれてたのしそうにしていた。レストレードがふつうサイズのウサギといっしょにいると、もう完全に親子にしか見えないけど。

「レストレード、さっそくみんなとなかよくなれたみたいだね。お店のウサギたちも、みんないい子みたいだし、ここだったらレストレードも、きっとしあわせにくらせるんじゃないかな。」

ドイルの言葉に、ホームズが「そうだね、ぼくもそう思う」としずかにこたえた。メグミさんたちがきいていないから、ホームズはいつものしゃべりかたにもどっていた。

ホームズがレストレードのすがたを見つめていった。

「レストレードには、優秀な探偵ウサギとして活躍してもらいたかったけどね。ここでくらすほうが、彼のためにはよさそうだ。」

ホームズの声は、さびしさをかくせていなかった。おれがはげましてやろうとしていると、ホームズの声がきこえたのか、レストレードがおれたちのところにもどってきて、ホームズの顔をのぞきこんだ。

「だいじょうぶだよ。きみもぼくも、さびしくなんかないさ。これっきりもうあえないというわけじゃないんだから。」
まるで自分にいいきかせるように、ホームズはそう告げた。そしてそのあとで、そうだ、と思いだしたようにつけくわえる。
「まえに特別団員は飼い主がみつかるまでといったけど、あの言葉はやっぱりとりけすよ。レストレード、きみはこれからもずっと、ぼくたちパペット探偵団のたいせつな仲間だ。」
レストレードのふわふわな毛を、ホームズがやさしくなでた。レストレードもうれしそうに目をほそめて、大好きなホームズの顔に頭をこすりつけた。

店のあかりが反射していただけかもしれないけど、ホームズのプラスチックの目に、なみだのつぶがひかっていたように見えた。


二学期がはじまってしばらくたったころ、レストレードの観察記録をまとめたおれの自由研究が優秀賞をもらった。

夏休みの宿題で賞をもらうのなんてはじめてだ。もちろんレストレードにはすぐに報告して、たくさん礼をいっておいた。

その自由研究の最後のページに、こっそりのせた写真には、レストレードとホームズが、なかよくならんでうつっている。レストレードもホームズも、見ているこっちがにやけてしまうくらいうれしそうな、おれのいちばんおきにいりの一枚だ。


（おわり）

作　如月かずさ（きさらぎ かずさ）

1983年、群馬県生まれ。『サナギの見る夢』で講談社児童文学新人賞佳作、『ミステリアス・セブンス―封印の七不思議』でジュニア冒険小説大賞を受賞。作品に「パペット探偵団事件ファイル」シリーズ、「怪盗王子チューリッパ！」シリーズ、「なのだのノダちゃん」シリーズ、『カエルの歌姫』（日本児童文学者協会新人賞）などがある。
http://ameblo.jp/ragi166/

絵　柴本翔（しばもと しょう）

1987年、神奈川県生まれ。自主制作本『ひよこ産業製品カタログ』、『ヒトリゴトノシロ』で文化庁メディア芸術祭マンガ部門審査委員会推薦作品選出。作品に『ツノウサギ』『Pandemonium -魔術師の村-』『妖怪ウォッチ　コマさん ~ハナビとキセキの時間~』『妖怪ウォッチ　コマさん ~たまきと流れ星のともだち~』がある。
http://hiyokono.soragoto.net/

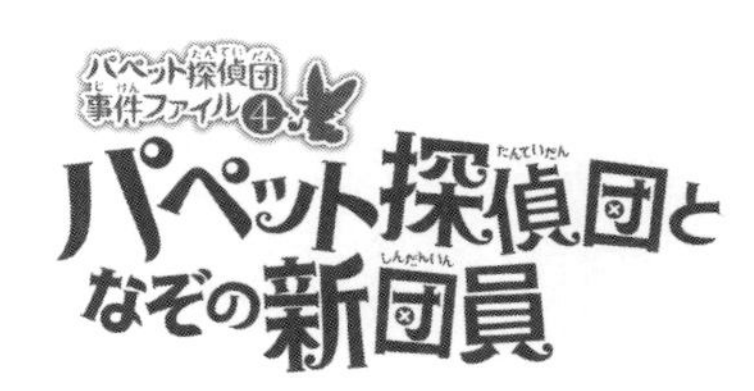

2017年4月　初版第1刷

作者＝如月かずさ

画家＝柴本翔

発行者＝今村正樹
発行所＝株式会社 偕成社
http://www.kaiseisha.co.jp/
〒162-8450 東京都新宿区市谷砂土原町3-5
TEL 03(3260)3221（販売）　03(3260)3229（編集）
印刷所＝中央精版印刷株式会社
　　　　小宮山印刷株式会社
製本所＝株式会社常川製本
NDC913 偕成社 214P. 19cm ISBN978-4-03-530840-9

本のご注文は電話、ファックス、またはEメールでお受けしています。
Tel: 03-3260-3221　Fax: 03-3260-3222　e-mail: sales@kaiseisha.co.jp
乱丁本・落丁本はお取りかえいたします。